이솝 우화로 배우는 속담과 사자성어

교과 연계 추천 도서

국어 4학년 1학기 10단원 인물의 마음을 알아봐요
국어 4학년 2학기 6단원 본받고 싶은 인물을 찾아봐요
국어 5학년 1학기 8단원 아는 것과 새롭게 안 것
국어 6학년 2학기 1단원 작품 속 인물과 나

진짜진짜 공부돼요 9

이솝 우화로 배우는 속담과 사자성어

2016년 9월 5일 초판 1쇄
2023년 4월 28일 개정판 1쇄

우화작가 이솝   엮은이 김숙분   그림 유남영
펴낸이 김숙분   디자인 김은혜   영업 · 마케팅 최태수   홍보 · 마케팅 어콘미
펴낸 곳 (주)도서출판 가문비   출판등록 제 300-2005-60호
주소 (06732)서울시 서초구 서운로19, 1711호(서초동, 서초월드오피스텔)
전화 02)587-4244~5   팩스 02)587-4246   이메일 gamoonbee21@naver.com
홈페이지 www.gamoonbee.com   블로그 blog.naver.com/gamoonbee21/
제조국 대한민국   사용 연령 8세 이상
주의사항 종이에 베이거나 긁히지 않게 조심하세요.
ISBN 978-89-6902-567-8 63810

이솝 우화로 배우는 속담과 사자성어

김숙분 엮음 · 유남영 그림

 머리글

이야기 속에 숨겨진 지혜를
속담과 사자성어로 표현해 보아요.

　우화란 사람에 비기어 표현한 동물이나 식물, 기타 사물을 주인공으로 하여 결점을 폭로하거나 교훈의 뜻을 담아 들려주는 이야기예요. 이솝은 '우화'라는 장르를 만들어 삶에 대처하는 다양한 방법들을 이야기로 들려주었는데 그 안에는 지혜와 교훈이 가득 담겨 있어요. 기원전 4~5세기에 쓰인 우화들이 대개 이솝의 작품으로 알려진 것을 보면 이솝의 우화가 그 무렵 가장 재미있고 인기가 좋았다는 것을 짐작할 수 있어요. 이솝 우화는 누구나 이해하기 쉬워서 500년의 세월 속에서도 여전히 빛 바래지 않고 동서고금을 막론하고 기독교의 성서 다음으로 많이 읽히는 책이 되었어요.

이 책은 이솝 우화를 더욱 깊이 읽기 위해 주제에 따라 이야기를 분류하고 속담과 사자성어로 한 번 더 그 의미를 생각해 볼 수 있도록 엮은 책이에요. 속담이란 예로부터 전해지는 조상들의 지혜가 담긴 표현을 말하는데 직접적으로 의미를 전달하기보다는 비유적으로 깊은 뜻을 표현하는 특징이 있어요. 예를 들어 '천 리 길도 한 걸음부터'라는 속담을 살펴 보아요. 천 리는 서울에서 부산 정도의 거리예요. 먼 길이지만 한 걸음 한 걸음 가다 보면 어느새 도착할 수 있어요. 이 속담을 통해 우리는 아무리 큰일도 처음에는 작은 일부터 시작되며 그것이 쌓여서 성과를 이루게 된다는 삶의 교훈을 얻을 수 있어요.

또 사자성어는 한자 네 자로 이루어진 말인데 속담과 마찬가지로 교훈을 담고 있어요. 사자성어는 공부하기가 무척 어려워요. 하지만 그 속에 담긴 배경과 이야기를 알면 이해하기 쉽고 오랫동안 기억에 남아요. 이야기의 주제를 적절하게 표현해 주는 사자성어를 뽑아 정리하여, 그 속에 담긴 지혜를 배우고 한자 실력도 쑥쑥 늘 수 있도록 했어요.

속담과 사자성어와 함께 이솝 우화를 재미나게 읽고 옛사람이 남긴 슬기와 교훈, 그리고 어려운 일을 해결해나가는 데 필요한 지혜를 듬뿍 얻기를 바랍니다.

김숙분

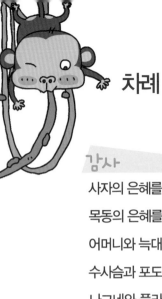

차례

이제 물을 먹을 수 있겠네.

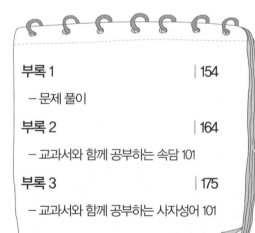

감사

"감사합니다" 라는 말은 아주 간단한 말이지만 행복을 여는 열쇠예요.

고작 감사하다고 생각했을 뿐인데도 우리의 삶은 완전히 달라지지요.

감사하는 마음이 있으면 작은 밥상도 잔칫상처럼 보여요.

지금 감사의 씨앗을 뿌려 보아요. 행운과 기적의 나무로 자랄 거예요.

그 나무의 주인은 물론 여러분이에요.

사자의 은혜를 갚은 들쥐

사자가 언덕 아래에서 고이 낮잠을 자고 있었다. 그런데 들쥐 한 마리가 뛰어다니며 놀다가 곤히 자고 있는 사자의 코털을 건드리고 말았다. 잠에서 깬 사자는 들쥐를 꽉 눌러 붙잡았다. 들쥐는 바들바들 떨며 한 번만 살려 달라고 애원했다. 사자는 들쥐가 힘도 없고 불쌍해 보여 죽이고 싶지는 않았다. 그래서 들쥐를 용서하고 상처 하나 입히지 않은 채 풀어 주었다. 들쥐는 정말로 고맙다고 몇 번이나 인사를 한 뒤 그곳을 떠났다.

그런데 며칠 후 사자가 그만 덫에 걸렸다. 몸부림을 치면 칠수록 덫은 더욱 사자를 조였다. 사자는 괴로워 큰 소리로 울부짖었다. 그런데 바로 그때 들쥐가 사자의 울음소리를 듣고 사자 곁으로 왔다. 사자가 덫에 걸

려 울부짖고 있는 것을 보고 들쥐는 이렇게 말했다.

"너무 슬퍼하지 말고 힘내세요. 그리고 걱정하지 마세요. 저는 사자
님이 저를 구해 주신 것을 잊지 않고 있어요. 지금이야말로 제가 사자
님의 은혜에 보답할 수 있는 기회로군요."

그러고는 덫을 이빨로 갈기 시작했다. 잠시 후, 사자는 덫에서 풀려나
자유로운 몸이 되었다.

사자가 들쥐를 불쌍히 여겨서 살려 주었어요. 들쥐는 그 고마움을
잊지 않았어요. 들쥐는 이빨로 덫을 갈기가 무척 힘들었을 거예요.
은혜를 입었기 때문에 이가 시리고 잇몸에서 피도 났지만 사자를 구
해 내요. 친절을 베풀면 나도 감사의 마음을 받게 돼요. 왜냐하면 친
절은 최고의 사랑 실천이기 때문이에요.

속담 되로 주고 말로 받는다.

이 속담은 조금 주고 그 대가로는 몇 갑절을 받았을 때 써요. 사자는 들쥐를 조금 배려했을 뿐이지만 그 일로 목숨을 구했어요.

사자성어 결초보은(結草報恩)

結	草	報	恩
맺을 결	풀 초	갚을 보	은혜 은

풀을 묶어 은혜를 갚는다는 뜻으로, 죽어서도 잊지 않고 은혜를 갚는 것을 말해요. 춘추 시대에 위무자라는 사람에게 첩이 있었어요. 어느 날 병석에 눕게 된 위무자는 아들 위과를 불러 자신이 죽으면 자신의 애첩을 자신과 함께 묻으라고 했어요. 하지만 위과는 첩을 다른 곳에 시집보내어 살려 주었어요. 얼마 후 이웃 진(秦)나라가 쳐들어 왔어요. 위과가 적장 두회의 뒤를 쫓아가는데 두회는 무덤 위의 풀에 발목이 걸려 넘어졌어요. 그날 밤 한 노인이 위과의 꿈속에 나타나 이렇게 말했어요. "나는 네가 시집보낸 아이의 아버지다. 오늘 풀을 묶어 너의 은혜에 보답한 것이다." 들쥐는 '결초보은'의 마음을 가지고 있었던 거예요.

목동의 은혜를 갚은 사자

사자는 발바닥에 가시가 깊이 박힌 상태로 숲에서 헤매고 있었다. 사자는 다행히 저만치에 목동이 걸어오고 있는 것을 보았다. 사자는 안도의 숨을 내쉬며 목동에게 절룩거리며 갔다.

목동은 덩치가 큰 사자가 자기에게 오자 너무 놀라 데리고 있던 양들을 사자에게 내놓았다. 그러나 사자는 양들은 거들떠보지 않고 가시가 박힌 자신의 발을 내밀었다. 목동은 사자의 부어오른 발을 보고 깜짝 놀랐다. 그래서 얼른 가느다란 꼬챙이를 이용해 가시를 뽑아 주었다. 사자는 고마워서 꾸벅 절을 하곤 목동의 곁을 떠났다.

얼마가 지난 후, 사자가 그만 사람들에게 생포되어 원형 경기장에 갇히게 되었다. 그곳에선 늘 검투 시합이 열렸는데, 사자는 칼을 든 사람과 싸워야 했다. 사람들이 먹이를 주지 않았기 때문에 사자는 악착같이 싸워 사람을 죽여서 먹어야 했다. 사람들은 사자와 사람과의 잔인한 싸움을 보며 즐거워했다.

어느 날 사자는 또 사람과 싸우기 위해 끌려 나갔다. 그런데 그 사람은 다름 아닌 예전에 자신을 구해 준 목동이었다. 사자는 너무 슬퍼서 울부짖으며 목동의 주위를 빙글빙글 돌았다. 목동은 자신이 예전에 구해 주었던 사자였다는 것을 알고 깜짝 놀랐다. 목동이 자신을 알아보자 사자는 목동에게 붙어 한 발자국도 움직이지 않았다. 조련사가 끌고 가려 해도 소용이 없었다. 이 광경을 지켜보던 사람들은 너무 신기해서 이

유를 알고 싶어 했다. 목동이 사실을 말하자 사람들은 입을 모아 목동과 사자를 풀어 주자고 소리쳤다. 결국 사자와 목동은 풀려나서 사자는 산 속으로 목동은 자기 고향으로 돌아갔다.

목동은 무서운 사자가 자기를 잡아먹을지 모르지만 사자를 도와주었어요. 사자는 원형 경기장에서 목동에게 진 빚을 갚게 되었어요. 서로 감사하는 마음으로 돕고 살면 기적이 일어나지요.

이야기 속에서 찾아보는 **속담**과 **사자성어**

속담 원수는 물에 새기고 은혜는 돌에 새겨라.

물에 새긴 것은 사라지고 돌에 새긴 것은 영원해요. 감사하는 마음을 잊어서는 안 된다는 속담이에요.

사자성어 각골난망(刻骨難忘)

刻	骨	難	忘
새길 각	뼈 골	어려울 난	잊을 망

입은 은혜에 대한 고마움을 뼈에 새겨 결코 잊지 않게 한다는 뜻이에요. 사자는 목동에 대한 고마움을 뼈에 새기고 잊지 않았어요.

어머니와 늑대

먹이를 찾아 이리저리 방황하던 늑대가 어느 집 앞을 지나치게 되었다. 그 집에서는 아이가 울고 있었고, 어머니가 아이를 달래고 있었다. 늑대는 집 앞에 서 있다가 어머니가 말하는 것을 듣게 되었다.

"울음을 그치지 않으면 늑대를 불러 너를 줘 버릴 거야."

그 말을 들은 늑대는 성대한 만찬을 기대하면서 집 앞에서 어머니가 아이를 데리고 나오기를 조용히 기다렸다. 하지만 아이가 계속 우는데도 어머니는 화만 낼 뿐 데리고 나오지 않았다.

"뚝 그쳐라! 정말 늑대를 부른다!"

마침내 아이가 울음을 그치자 어머니는 아이를 쓰다듬으며 이렇게 말하는 것이었다.

"우리 아기 정말 착하구나. 이제 늑대가 오면 죽도록 때려 줄게."

실망한 늑대는 이제 집으로 돌아가야겠다고 생각하며 이렇게 중얼거렸다.

'말하는 것과 의도하는 것이 다른 사람 때문에 시간만 버렸네.'

사실 어머니가 화나면 간혹 우리에게 상처 되는 말을 하기도 해요. 어머니는 울음을 멈추게 하려고 늑대에게 아이를 줘 버리겠다고 말한 거예요. 혹 어머니의 말 때문에 섭섭한 적이 있나요? 하지만 오해하면 안 돼요. 어머니가 왜 그런 말을 했는지 그 의도를 생각해야 해요. 그러면 섭섭한 마음이 들지 않아요.

속담 맞는 자식보다 때리는 부모의 마음이 더 아프다.

부모님께 꾸지람을 들을 때 원망해선 안 돼요. 부모님의 마음은 더 아프셔요.

사자성어 금지옥엽(金枝玉葉)

金	枝	玉	葉
쇠금	가지 지	구슬 옥	잎 엽

가지와 잎은 나무줄기로부터 나오지요. 금으로 만든 가지와 옥으로 만든 잎이란 뜻으로, 세상에 둘도 없이 귀한 자식을 가리킬 때 쓰는 말이에요.

수사슴과 포도나무

사냥꾼에게 쫓기고 있던 수사슴이 포도나무 속으로 얼른 들어가 몸을 숨겼다. 포도나무의 잎이 무성하여 사냥꾼은 사슴을 발견하지 못하고 지나쳤다.

"휴, 살았다."

사슴은 안도의 숨을 내쉬었다. 그러고는 곧 자신을 살려 준 포도나무의 잎을 와삭와삭 맛있게 먹기 시작했다.

"흠흠, 달고 맛있네."

사슴은 몹시 행복했다. 그런데 사슴을 찾지 못한 사냥꾼이 다시 돌아오기 시작했다.

"이상하단 말이야. 이렇게 빨리 도망칠 리 없어. 분명 어딘가에 숨어

있을 거야."

사냥꾼이 이리저리 살피며 오는데도 사슴은 그것도 모르고 계속 포도
나무의 잎을 정신없이 먹었다. 사냥꾼은 사슴을 발견하곤 총을 쏘았다.

"탕, 탕탕!"

피할 겨를도 없이 사슴은 총에 맞고 쓰러지면서 중얼거렸다.

"위험에 빠진 나를 구해 준 포도나무에게 감사하기는커녕 오히려 그
것을 먹었으니 내가 이런 일을 당하는 건 당연해."

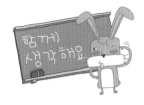

영어로 현재는 'present'인데 선물이라는 의미도 있어요. 포도나무 잎은 하나님이 주신 최고의 선물(present)이었어요. 현재(present)는 언제나 선물(present)임을 깨닫고 감사하는 마음을 가져야 해요. 감사할 줄 모르는 사슴에게 죽음이 찾아왔어요. 감사는 이렇게 소중한 마음이에요.

이야기 속에서 찾아보는 **속담**과 **사자성어**

속담 제 살이 아프면 남의 살도 아픈 줄 알아라.

사슴은 포도나무를 생각하지 않고 자기만 생각해요. 남을 생각하는 마음이 곧 자기를 살리는 길이에요.

사자성어 자업자득(自業自得)

自	業	自	得
스스로 자	업 업	스스로 자	얻을 득

자기가 저지른 일의 결과에 대해서는 누구도 아닌 스스로가 책임을 져야 한다는 뜻이에요.

나그네와 플라타너스

    태양이 따갑던 어느 날, 나그네 여러 명이 플라타너스를 발견하고 재빨리 달려갔다. 그들은 플라타너스 그늘 아래 도착하자 누워서 휴식을 취하였다.

    그들 중 한 나그네가 동료들에게 말했다.

    "플라타너스는 참 쓸모없는 나무야. 열매도 열리지 않고 어떤 방법으로도 사람이 사용할 수 없으니 말이야."

    플라타너스가 그들에게 대답했다.

    "은혜를 모르는 이 고약한 것들아! 나 때문에 혜택을 받고 있는 이 순간에도 너희들은 내가 아무 짝에도 쓸모없는 것인 양 조롱하고 있구나."

우리는 은혜를 입고 살면서도 감사함을 잊을 때가 있어요. 언제 그
럴까요? 바로 우리 집, 우리 부모님에 대해 감사를 잊고 살 때가 많
아요. 집을 떠나 다른 곳에 와 보면 그제야 집이 얼마나 소중한지, 부
모님이 얼마나 고마운지 깨닫게 되지요. 누군가에게 도움을 받았다
면 감사하는 마음으로 갚을 줄 알아야 해요.

속담 내 떡이 두 개면 남의 떡도 두 개다.

내가 남에게 떡을 준 대로 남도 나에게 떡을 준다는 뜻이에요. 내 태도에 따라 상대방
의 태도도 달라지지요. 내가 베풀면 은혜를 입은 사람은 감사한 마음을 간직하게 돼요.

사자성어 반포지효(反哺之孝)

反	哺	之	孝
돌이킬 반	먹일 포	어조사 지	효도 효

까마귀가 다 자란 뒤에 늙은 어미 새에게 먹을 것을 물어다 준다는 뜻이에요. 은혜를
입으면 감사하는 마음을 간직하고 다시 갚을 줄도 알아야 해요.

겸손

겸손은 남을 존중하고 자기를 내세우지 않는 것을 말해요.

자기가 최고라고 잘난 척을 하거나, 혹은 남들이 자신을 좋게 여기지 않는다고

화를 낸다면 겸손하지 못한 행동이에요.

겸손하지 못하면 이웃과 평화롭게 살지 못해 외톨이가 될 수밖에 없어요.

겸손한 사람이 되려면 '내가 최고다' 라는 교만을 반드시 버려야 해요.

오만한 말의 몰락

아주 늠름하고 잘생긴 말이 있었다. 화려한 치장까지 하고 있어서 말이 지나가면 모두가 부러운 눈으로 바라보았다.

어느 날 말은 골목길에서 당나귀와 마주쳤다. 그런데 당나귀는 짐을 잔뜩 지고 있어 빨리 걷지 못했다.

"세상에, 감히 귀하신 분이 행차하는데 너같이 하찮은 일을 하는 당나귀가 길을 막고 있다니. 너 같은 놈은 혼쭐을 내줘야 하는데…….
내가 지나가는 동안 가만히 서 있어!"

당나귀는 말의 어이없는 행동에 화가 났지만 꾹 참았다.

그런데 그 후 말은 사고를 당했다. 경주에서 심하게 달리다가 그만 넘어져 원상태를 회복할 수 없게 되었다. 말이 쓸모 없어지자 주인은 거름

나르는 일을 시켰다. 오만한 말은 등이 휘도록 일을 해야 했다.

어느 날 당나귀가 한가롭게 풀을 뜯어먹고 있다가 말을 보게 되었다. 말을 한눈에 알아본 당나귀가 웃으며 한마디를 했다.

"이런, 쯧쯧. 이제는 너나 나나 똑같이 밭일을 하는 신세로구나. 하지만 옛날에 네가 그렇게 잘난 척을 해서 그런지 네 꼴이 더욱 초라해 보인다."

남보다 조금 낫다 싶으면 대부분 오만해져요. 뛰어난 능력을 갖추었다 해도 오만하면 남에게 상처를 주기 때문에 아무도 따르지 않아요. 예수님이 제자들의 발을 씻기신 것처럼, 겸손하게 상대방을 존중할 줄 아는 사람이 큰일도 해내고 세상도 행복하게 만들 수 있어요. 평소에 오만하면 결국 외톨이가 되고 말아요.

속담 헤엄 잘 치는 자가 물에 빠진다.

자만하지 말고 겸손하게 행동하라는 뜻이에요.

사자성어 욕존선겸 (欲尊先謙)

欲	尊	先	謙
하고자 할 욕	높을 존	먼저 선	겸손할 겸

남에게 존경을 받고자 하면 먼저 겸손해야 한다는 뜻이에요.

사슴을 질투한 말

말과 사슴이 숲에서 살고 있었다.

말은 사슴이 몸매도 근사하고, 뿔도 멋있고, 달리기도 자신보다 훨씬 잘해서 질투가 났다. 그래서 말은 사냥꾼을 찾아가서 말했다.

"진짜 좋은 사슴이 어디 있는지 가르쳐 주겠어요. 당신의 뛰어난 솜씨로 사슴을 잡으세요. 사슴은 고기도 연하고 가죽과 뿔도 우수해서 돈을 많이 벌 수 있을 거예요."

그러자 사냥꾼이 군침을 흘리며 말했다.

"그런데 그 사슴을 어떻게 잡을 수 있지?"

말이 대답했다.

"내가 사슴이 살고 있는 곳까지 태워다 줄게요."

사냥꾼은 말을 타고 사슴이 있는 곳으로 향했다.

사슴은 사냥꾼이 말을 타고 자기를 잡으러 온다는 것을 눈치 챘다.

'아니, 말이 어떻게 이럴 수가······.'

사슴은 재빨리 도망을 갔다.

괜히 헛고생을 한 말이 사냥꾼에게 말했다.

"젖 먹던 힘까지 다해서 뛰어 보았지만 사슴을 쫓아갈 수가 없군요.
무거우니 그만 내리세요. 이제 당신 볼 일이나 보세요."

사냥꾼이 말을 탄 채 말했다.

"이제 내가 네 주인이니 하자는 대로 해야 돼.
안장★에 묶여 있으니 네 맘대로 아무것도
못 해. 한번 발길질이라도 해 보지? 채찍으
로 따끔하게 버릇을 고쳐 놓을 테니까."

이제 내가
네 주인이야!

어딜 감히···

헉!

★ 안장 : 말, 나귀 따위의 등에 얹어서 사람이 타기에 편리하도록 만든 도구.

말은 겸손한 마음이 없어서 친구인 사슴을 질투해요. 말도 충분히 훌륭한데 자신에게 만족할 줄 몰라 큰일을 저지르고 말았어요. 만약 말이 사슴을 경쟁자 대신 단짝친구로 삼았다면 얼마나 좋았을까요. 단짝친구가 있다면 절대로 사는 게 외롭지 않아요. 하지만 겸손한 마음을 가져야 단짝친구가 생겨요.

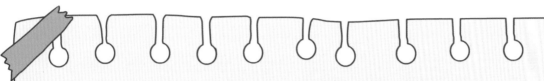

이야기 속에서 찾아보는 **속담**과 **사자성어**

속담 사촌이 땅을 사면 배가 아프다.

매우 가까운 사람이 자신보다 잘 되면 질투심을 느낀다는 뜻이에요. 이런 사람은 친구를 얻을 수 없어요.

사자성어 반목질시(反目嫉視)

反	目	嫉	視
돌이킬 반	눈 목	미워할 질	볼 시

서로 미워하고 질투하는 눈으로 본다는 뜻이에요. 이런 마음으로 살아가면 모두가 불행해져요.

당나귀와 마부

어느 종교 행렬의 조각상을 나르던 당나귀가 한 마을을 지나가게 되었다. 조각상이 자신의 앞을 지나갈 때 사람들이 고개를 숙이며 깊은 경의를 표했다.

당나귀는 사람들이 자신에게 하는 행동인 줄 착각하고 거들먹거리더
니 이제는 한 발짝도 더 나아가려 하지 않았다.

그러자 마부가 당나귀를 매질하며 말했다.

"이 어리석은 당나귀야. 사람들은 네가 아니라 네가 실어 나르고 있
는 조각상에 존경심을 나타내고 있는 거야!"

당나귀가 상황을 파악을 하지 못하고 어리석게 행동하는 이유는 겸
손하지 못하기 때문이에요. 교만하면 당나귀처럼 오히려 웃음거리
가 되고 화를 입을 수 있어요. 가끔씩 내 자신을 돌아보기 위해 산책
을 하면서 메모지에 자신의 장점과 단점을 써 보아요. 자신을 돌아
볼 줄 아는 사람이 겸손한 사람이에요.

속담 내 속 짚어 남의 말한다.

자기 속에 있는 생각을 미루어서 남도 그러하리라고 생각하고 말한다는 뜻이에요.

겸손하지 못한 사람은 이렇듯 자기 생각만 해요.

사자성어 자고자대(自高自大)

自	高	自	大
스스로 자	높을 고	스스로 자	클 대

당나귀처럼 스스로 잘난 체하며 우쭐대는 모양을 말해요.

사슴의 뿔과 다리

연못에서 물을 먹고 있던 사슴이 물에 비친 자신의 뿔을 보고는 흐뭇해서 말했다.

"내 뿔은 아무리 봐도 정말 멋져."

하지만 이번엔 자신의 다리를 보더니 투덜거렸다.

"왜 이렇게 비쩍 말랐지. 정말 못생겼군."

그때 멀리서 사냥개들이 짖는 소리가 들려왔다. 사슴은 얼른 자신의 비쩍 마른 다리에 의지해 험준한 산속으로 도망을 갔다. 그런데 그만 커다란 뿔이 나뭇가지에 걸려 꼼짝달싹 못하는 신세가 되었다. 결국 사슴은 사냥꾼에게 붙잡히고 말았다.

사슴은 자신의 죽음을 알고는 중얼거렸다.

'나는 정작 나에게 이로운 것은 무시하고 거들떠보지도 않았어. 쓸데
없는 것에 눈이 팔려 나한테 해로운 건지도 모르고 거기에만 혹해 있
었으니……'

사슴은 자신이 가장 자랑스러워하는 뿔 때문에 목숨을 잃게 되었어
요. 자신의 잘난 것에 자만심을 가지면 오히려 그것 때문에 해를 입
을 수 있어요. 만일 공부를 잘한다고 해도 자만심을 가지면 안 돼요.
대신 감사하는 마음을 가져야 해요. 감사는 늘 부메랑이 되어 자신에
게 돌아와요. 감사하는 마음으로 사는 사람은 겸손하기 때문에 일을
그르치지 않아요.

속담 빈 수레가 요란하다.

잘 알지도 못하면서 잘난 척하는 사람을 일컫는 말이에요. 늘 겸손한 마음으로 차분하게 생각해요.

사자성어 일일삼성(一日三省)

一	日	三	省
한 일	날 일	석 삼	살필 성

하루에 세 번씩 자신의 행동을 반성한다는 뜻이에요. 이렇게 생활하면 겸손한 사람이 돼요.

대머리 아저씨와 파리

파리가 대머리 위에서 뱅뱅 돌면서 대머리 아저씨를 못살게 굴었다. 대머리 아저씨는 파리를 잡으려고 여러 번 손바닥으로 내리쳤지만 매번 실패했다.

파리는 대머리 아저씨가 약이 오르니 더 신바람이 나 더 자주 대머리 위에서 뱅뱅 돌았다. 그러자 대머리 아저씨가 파리에게 따끔하게 말했다.

"너는 가만히 있는 나를 건드려서 죽음을 벌고 있어. 그러다가 잡히면 바로 죽는다는 걸 모르니?"

걸리면 넌 죽는다!

함께 생각해요.

내가 남보다 잘났다고 생각하면서 우쭐해하는 사람이 있어요. 겸손한 자세로 나를 낮추면 왠지 친구들이 무시할 것 같아 그렇게 행동해요. 파리는 자기의 주제를 모른 채 대머리 아저씨를 골탕 먹이고 있어요. 그렇게 행동하면 결국 어떻게 될까요. 자기의 실상을 올바로 아는 것이 겸손이에요.

속담 늙은 개는 함부로 짖지 않는다.

나이가 많아 경륜이 생기면 함부로 행동하지 않는다는 뜻으로 늙은 개는 겸손하게

행동하는 대상을 의미해요.

사자성어 경거망동(輕擧妄動)

輕	擧	妄	動
가벼울 경	들 거	허망할 망	움직일 동

가볍고 망령되게 행동한다는 뜻으로, 도리나 사정을 생각하지 아니하고 경솔하게 행

동하는 모습을 뜻해요. 파리가 그와 같이 행동하고 있어요.

끈기

끈기란 쉽게 단념하지 않고 끝까지 노력하는 것을 말해요.

가끔은 어떻게 해결해야 할지 몰라 쩔쩔맬 때가 있어요.

빡빡한 세상살이를 헤쳐 나갈 수 있는 힘은 오직 끈기밖에 없어요.

끈기는 조용한 힘이에요.

여우와 포도

어느 날 여우가 길을 가다가 잘 익은 포도를 보게 되었다. 여우는 포도가 너무나 먹고 싶었지만 너무 높이 달려 있어 도저히 따먹을 수가 없었다. 여러 번 펄쩍펄쩍 뛰어올라 보아도 아무 소용이 없어, 이 궁리 저 궁리를 해 보았지만 좋은 생각도 떠오르지 않았다. 기분이 울적해진 여우는 혼잣말을 했다.

'쳇, 포도가 아직 덜 익은 것 같아. 괜히 힘들게 따봤자 먹지도 못할 텐데, 쓸데없는 짓 하지 말아야지.'

포도가 덜
익은 거 같아!

함께
생각해요

여러 번 펄쩍펄쩍 뛰어올라 보아도 아무 소용이 없었다면 여우는 다른 방법을 찾아보아야 했어요. 이런 태도로 산다면 여우는 결코 맛있는 것을 얻을 수 없어요. 여러분도 마찬가지예요. 끈기가 없다면 5년쯤 뒤에는 끈기로 노력한 친구와 큰 차이가 날 수밖에 없어요.

속담 되면 제 탓, 못 되면 조상 탓.

어떤 일에 실패했을 때 그 원인을 주위의 탓으로 돌리는 것을 말해요. 끈기 없는 여우가 핑계를 대고 있어요.

사자성어 견강부회(牽强附會)

牽	强	附	會
끌 견	굳셀 강	붙을 부	모일 회

억지로 말을 끌어 붙여 자기가 주장하는 조건에 맞도록 한다는 뜻이에요. 여우는 자기가 포도를 따먹지 못하자 딴소리를 하고 있어요.

까마귀와 주전자

목이 타서 거의 죽을 지경인 까마귀가 있었다. 까마귀는 이리저리 날다 마침내 멀리에 주전자가 있는 것을 보았다. 까마귀는 뛸 듯이 기뻐하며 있는 힘을 다해 그곳으로 날아갔다. 그러나 슬프게도 주전자 안에는 너무나 적은 양의 물이 들어 있는 것이었다. 까마귀는 아무리 노력해

이제 물을 먹을 수 있겠네.

도 물을 먹을 수가 없었다. 주전자를 기울어 보려고 했지만 그 일도 쉽지 않았다.

까마귀는 주변을 두리번거리며 좋은 수가 없나 궁리를 했다. 마침 근처엔 조약돌이 많았다. 까마귀는 그것들을 물어와 주전자 안에 떨어뜨리기 시작했다.

이렇게 해서 주전자 속의 물이 점점 올라왔고 까마귀는 맛있게 물을 먹을 수 있었다.

아무리 불가능해 보이는 일이라도 끈기를 가지고 노력하면 안 되는 일이 없어요. 실패하더라도 꾸준히 시도하면 성공할 수 있어요. 까마귀는 목이 타는데도 잘 참으며 노력해서 물을 먹을 수 있었어요.

이야기 속에서 찾아보는 속담과 사자성어

속담 고통 없이는 얻는 것도 없다.

이 세상에 쉽게 얻는 것은 없어요. 좋은 것을 얻으려면 고통이 따르지요. 고통은 끈기로 이겨낼 수 있어요.

사자성어 마부작침 (磨斧作針)

磨	斧	作	針
갈 마	도끼 부	지을 작	바늘 침

도끼를 갈아 바늘을 만든다는 뜻이에요.

당나라 시인 이백이 공부하러 산에 들어갔지만 금방 싫증을 느끼고 말았어요. 어느 날 이백은 바위에 도끼를 갈고 있는 노파를 보았어요. 이상하게 생각한 이백이 물었어요. "할머니, 지금 무엇을 하시는 것입니까?" "바늘을 만들려고 한단다." 그 말을 듣고 이백은 어이가 없어 큰 소리로 웃으며 다시 물었어요. "도끼로 바늘을 만든단 말씀입니까?" 그러자 노파는 가만히 이백을 쳐다보며 말했어요. "얘야, 비웃을 일이 아니다. 중도에 그만두지만 않는다면 언젠가는 이 도끼로 바늘을 만들 수가 있단다."

이 말을 들은 이백은 크게 깨달은 바 있어 그 후로는 한눈팔지 않고 글공부를 열심히 했다고 해요. 그는 열심히 노력해서 대시인으로 불리게 되었어요.

헤라클레스★와 마부

한 농부가 마차를 몰고 있었는데 그만 실수로 수렁에 빠지고 말았다.

농부는 마차를 빼내려는 노력은 하지 않고 무릎을 꿇고는 헤라클레스에

★ 헤라클레스: 그리스 신화에 나오는 힘이 센 영웅.

게 도와달라고 기도하기 시작했다. 헤라클레스는 농부에게 어깨를 바퀴 밑에 넣으라고 하며 하늘은 스스로 돕는 자를 도울 뿐이라고 말했다.

기도만 하면 모든 것이 이루어질까요? 스스로 노력해야 신도 우리를 도와줘요. 힘이 약해도 끈기가 있으면 결국 목표에 도달할 수 있어요. 훌륭한 위인들은 대부분 천재였기 때문이 아니라 포기하지 않고, 끈기 있게 도전했기 때문에 큰일을 하게 된 거예요. 요행을 바라지 말고 행동으로 실천해야 해요.

이야기 속에서 찾아보는 속담과 사자성어

속담 하늘이 무너져도 솟아날 구멍은 있다

끈기를 가지고 노력하면 반드시 해결돼요.

사자성어 행불무득(行不無得)

行	不	無	得
다닐 행	아닐 불	없을 무	얻을 득

행함이 없으면 얻는 게 없다는 뜻으로 끈기를 가지고 노력하라는 뜻이에요.

희망을 찾은 토끼들

사냥개들이 매일 덮치는 바람에 수많은 산토끼들이 목숨을 잃었다. 산토끼들은 너무 힘들고 지쳐서 마음이 우울했다. 그래서 어느 날 회의를 열었다.

"언젠가는 모두 죽고 말 거요."

"그렇소. 한 마리도 남지 못할 것이요."

"이렇게 힘들게 사느니 차라리 함께 죽읍시다."

"그래요. 사냥개에게 먹히느니 그게 낫겠소."

산토끼들은 높은 곳에서 떨어져 죽기로 하고 함께 절벽으로 몰려갔다.

절벽 아래에는 강물이 흐르고 있었는데 마침 그곳에서 개구리들이 헤

엄을 치며 신나게 놀고 있었다.

　수많은 산토끼들이 몰려드는 것을 본 개구리들이 큰 소리로 외쳤다.

"산토끼들이 몰려오고 있어. 빨리 도망치자!"

　개구리들은 눈 깜빡할 사이에 물속으로 일제히 도망쳤다.

　그것을 본 산토끼들이 말했다.

"이제 보니 시련이 있는 건 우리만이 아닌 것 같소. 그런데도 열심히

　살아가고 있지 않소."

"여러분, 우리 죽지 맙시다. 열심히 살아 봅시다."

"돌아가서 살아갈 방도를 찾아봅시다. 끝까지 이겨 냅시다."

산토끼들은 다시 숲으로 돌아갔다.

모두 행복하게 살기를 원하지만 행복이 쉽게 주어지지 않아요. 행복에 다다르기 위해서는 반드시 통과해야 하는 코스가 있어요. 그 코스에는 유혹도 있고 고난도 있고 실망감도 있어요. 하지만 무사히 통과하고 나면 강한 사람이 되어 다른 사람에게도 희망을 주지요. 끈기가 있으면 성공도 행복도 남의 일이 아니에요.

속담 고생 끝에 낙이 온다.

어려운 일이나 고된 일을 겪은 뒤에는 반드시 즐겁고 좋은 일이 생긴다는 뜻이에요.

산토끼들도 끈기를 가지고 노력하면 반드시 좋은 방법을 찾게 될 거예요.

사자성어 전화위복 (轉禍爲福)

轉	禍	爲	福
구를 전	재앙 화	하 위	복 복

화가 바뀌어 오히려 복이 된다는 뜻으로, 어떤 불행한 일이라도 끊임없는 노력과 강
인한 의지로 힘쓰면 불행을 행복으로 바꾸어 놓을 수 있다는 뜻이에요. 전국 시대의
소진이라는 사람은 '일을 잘 처리하는 사람은 화를 바꾸어 복이 되게 하고, 실패한 것
을 바꾸어 공이 되게 한다.'라고 말했어요.

나귀와 주인

나귀는 정원사의 집에서 하루 종일 일만 해야 했다. 그래서 나귀는 제우스에게 다른 주인을 만날 수 있게 해 달라고 간청하였다. 제우스는 나귀를 옹기장이에게 보냈다. 나귀는 주인이 바뀐 후 전보다 더 무거운 짐을 날라야 해서 다시 제우스에게 한 번만 더 주인을 바꿔 달라고 간청했다.

제우스는 가죽을 만드는 사람에게 팔려가도록 했다. 새로운 주인이 어떤 일이 하는지 알게 되자 나귀는 신음소리를 내며 슬퍼했다.

"아아, 난 정말 불행해. 옛날 주인에게 만족하고 지냈더라면 더 나은 생활을 할 수 있었을텐데……. 새 주인은 죽은 다음에도 나를 놓아 주지 않겠구나."

행복해지려면 좋은 습관을 길러야 해요. 끈기 있게 노력하면 어려운 일도 잘 해낼 수 있으련만 나귀는 끈기가 없기 때문에 어떤 주인을 만나더라도 불만스러워 해요. 나귀가 잘 참지 못하는 것은 나쁜 습관이에요. 좋은 습관을 끈기 있게 반복해야 훌륭한 사람이 될 수 있어요.

속담 불만 많은 사람이 말이 많다.

끈기 있게 일을 하지 못하고 이러쿵저러쿵하는 모양을 말해요.

사자성어 견인지종 (堅忍至終)

堅	忍	至	終
굳을 견	참을 인	이를 지	마칠 종

끝까지 굳세게 참아 내어 목표를 달성한다는 뜻이에요. 끈기가 없는 사람은 결국 실

패하게 돼요.

배려

배려란 다른 사람을 생각하는 마음이에요.

다른 사람의 입장에 서서 그 사람을 편하게 해 주려 한다면

배려하는 마음을 가진 거예요.

행동하기 전에 상대방의 마음을 신중하게 생각해 보아요.

여우와 학의 식사 초대

어느 날 여우가 이웃에 사는 학을 저녁 식사에 초대했다. 그런데 학은
식사를 제대로 할 수가 없었다. 여우가 자기만 생각하고 평평한 접시에
음식을 담아왔기 때문이다. 여우는 맛있게 음식을 먹었지만 학은 부리
가 길고 뾰족하기 때문에 도저히 음식을 먹을 수가 없었다. 그래서 그만
배를 쫄쫄 곯고 말았다.

며칠 후 이번엔 학이 여우를 초대했다. 학은 여우에게 당한 일을 생각
하고 그것을 복수하기 위해 목이 긴 병에 음식을 내놓았다. 이번엔 여우
가 음식을 먹을 수 없어 배를 쫄쫄 곯았다.

학은 여우에게 놀리 듯 이렇게 말했다.

"친구야, 지난번에 네가 나에게 맛있는 저녁식사를 대접했을 때 제대

로 고마움을 표시하지 못해서 오늘 그 보답을 하는 거란다. 오늘 기분이 나빴다면 사과할게. 하지만 네가 뿌린 씨이니 네가 거두어들여야 하지 않겠니?"

여우에게 친구를 배려하려는 마음이 없기 때문에 학이 큰 상처를 받았어요. 학도 자기가 한 대로 여우를 대하고 있어요. 둘은 좋은 친구로 남기가 어려워 보여요. 빨리 여우가 학에게 사과해야 할 것 같아요.

속담 **자기 사랑 자기가 끼고 산다.**

저 하기에 따라 사랑도 받고 미움도 받는다는 뜻이에요. 여우가 학을 배려했다면 사랑을 받았을 텐데 그렇게 하지 못해 미움을 받았어요.

사자성어 인과응보 (因果應報)

因	果	應	報
인할 인	열매 과	응할 응	갚을 보

원인과 결과는 서로 물고 물린다는 뜻으로, 좋은 일에는 좋은 결과가, 나쁜 일에는 나쁜 결과가 따른다는 뜻이에요. 여우는 학을 배려하지 않아 자신도 대접을 받지 못하고 있어요.

말과 짐 실은 당나귀

당나귀와 말을 가진 사람이 있었다. 어느 날 긴 여행길을 떠나게 되었는데 그는 당나귀에게만 짐을 잔뜩 실었다. 당나귀는 너무 힘이 들어 병이 들고 말았다. 그래서 말에게 짐의 일부를 좀 나눠서 지자고 부탁했다.

"네가 내 등의 짐을 반만 지어 준다면 좋겠어. 그러면 나는 금방 나을 거야. 네가 나를 도와주지 않으면 나는 너무 힘들어 죽을지도 몰라."

하지만 말은 당나귀에게 참으라고만 하면서 더 이상 자기를 괴롭히지 말라고 했다. 당나귀는 할 수 없이 끙끙 앓으면서 짐을 진 채 걸어갔다. 그러나 곧 짐의 무게를 못 이겨 길에 쓰러져 죽고 말았다.

당나귀가 죽자 주인이 다가와 당나귀의 등에 있던 짐을 말의 등에 올려놓았다. 그러고는 말에게 당나귀의 시체까지 끌고 가게 했다.

함께 생각해요

"내가 아플 때 아무도 도와주지 않더라. 정말 남은 소용없더라. 그러니 내 몸은 내가 아껴야 해." 라고 말하는 사람을 보았을 거예요. 자기의 이기심을 감추기 위해 남을 탓하고 있어요. 말도 자기 몸을 끔찍이 아끼는 게 현명하다고 생각했을 거예요. 하지만 이기심 때문에 더 힘이 들게 되었어요. 행복의 첫 번째 조건은 배려예요. 그래야 사회가 행복해져요.

속담 자기가 뿌린 씨는 반드시 자기가 거두어들이게 된다.

말이 당나귀를 조금만 배려했다면 당나귀도 죽지 않았겠고 자신도 힘들지 않았을 거예요.

사자성어 십시일반(十匙一飯)

十	匙	一	飯
열 십	숟가락 시	한 일	밥 반

열 사람이 밥을 한 술씩만 보태어도 한 사람이 먹을 수 있는 밥이 마련된다는 뜻이에요. 힘을 합하면 다 함께 행복해져요.

두 남자와 손도끼

두 남자가 길을 걸어가고 있었다. 한참을 걸어가고 있는데 두 남자 앞에 손도끼가 떨어져 있었다. 한 남자가 얼른 손도끼를 주워들며 외쳤다.

"내가 뭘 찾았는지 봐! 내가 손도끼를 주웠어."

그러자 옆에 있던 친구가 말했다.

"우리가 함께 찾은 거 아니야?"

"뭐가 그래? 이건 내 거야."

그때 주인이 달려와 손도끼를 들고 있는 사람이 자신의 것을 훔쳤다고 큰 소리로 외쳤다.

손도끼를 들고 있던 사람이 친구에게 말했다.

"아이고, 우린 죽었다."

그러자 친구가 말했다.

" '우리'가 아니라 '나'는 죽었다라고 해야 하지 않나? 상을 친구와 나눠 갖지 않은 사람이 어떻게 위험을 나눠 가질 수 있겠는가?"

배려가 우리 생활에 가장 많은 힘을 발휘하는 곳은 인간관계에서예요. 배려에는 인간관계를 윤택하게 하고 강하게 만드는 많은 요소들이 숨어 있어요. 배려할 줄 아는 사람과 함께 있으면 쉽게 마음의 문을 열게 돼요. 하지만 욕심이 많은 사람은 다른 사람을 배려하지 않아요. 손도끼를 주운 사람처럼 욕심 때문에 큰 화를 입기도 하지요.

속담 가는 말이 고와야 오는 말이 곱다.

상대의 호의를 바라기 보다는 먼저 배려하라는 의미예요. 그러면 자신도 행복해져요.

사자성어 진퇴양난(進退兩難)

進	退	兩	難
나아갈 진	물러날 퇴	두 양	어려울 난

이러지도 저러지도 못하는 어려움에 처해 있는 상황을 말해요. 남자는 자신의 결백을

주장하려 해도 아무에게도 도움을 받지 못하고 있어요.

수영하려 간 소년

한 소년이 강에서 수영을 하다가 너무 깊은 곳으로 가는 바람에 죽을
위험에 처했다. 그런데 다행히도 지나가는 사람이 있어 소년은 있는 힘

을 다해 살려 달라고 소리쳤다.

그런데 그 사람은 도와줄 생각은 안 하고 소년에게 왜 그렇게 무모하게 깊은 물에서 헤엄을 쳤느냐고 책망하기 시작했다.

소년은 더 큰 소리로 외쳤다.

"제발, 나으리. 당신의 설교는 저를 구해 주고 난 다음에 해도 늦지 않을 것 같은데요."

정말 중요한 것은 목숨인데 이 사람은 사소한 것에 집중하고 있어요. 실수가 없는 사람은 이 세상에 없어요. 다른 사람이 저지른 실수를 나도 똑같이 저지를 수 있어요. 이 글을 읽는 어린이들은 물에 빠진 사람이 죽을까 봐 가슴이 두근거릴 거예요. 우리는 남의 잘못에 대해 관용할 줄 알아야 해요. 배려란 상대방이 자신의 가장 소중한 것을 지킬 수 있도록 도와주는 거예요.

속담　쥐가 자비로움을 품으면 코끼리도 구할 수 있다.

아무리 어려운 처지라도 자비로움이 있으면 다른 사람을 구해 낼 수 있다는 뜻이에요.

사자성어　역지사지(易地思之)

易	地	思	之
바꿀 역	땅 지	생각할 사	갈지

다른 사람의 처지에서 생각하라는 뜻이에요. 소년의 목숨을 구하는 것이 먼저인데 이 사람은 책망을 해요. 배려심이 없는 교만한 태도예요.

가난한 남자와 뱀

    한 가난한 남자가 있었는데 친구가 뱀을 주어서 키우게 되었다. 남자가 상을 차려 밥을 먹을 때면 뱀은 상 위로 올라와 이것저것 부스러기를 얻어먹곤 했다. 남자는 뱀을 귀여워했다. 그러자 하는 일마다 잘 되어 그는 부자가 되었다. 남자는 뱀 따위는 이제 아랑곳하지 않았다. 그러던 어느 날 남자가 도끼로 장작을 패다 그만 주의하지 않아 뱀을 찍어 큰 상처를 입히게 되었다. 그 후론 일이 제대로 되지 않아 결국 남자는 번 돈을 다 잃게 되었다. 남자는 사업이 번창했던 이유가 뱀의 덕분이라는 것을 깨닫고는 뱀에게 용서를 빌었다. 그러자 뱀이 남자에게 말했다.

    “나도 당신을 용서해 주고 싶어요. 하지만 내 상처가 아물더라도 옛날처럼 당신을 믿지는 못할 것 같아요. 당신이 도끼로 쳤을 때의 아픔

을 잊을 수 있다면 다시 사이좋게 지낼 수 있겠지만……."

남자는 뱀의 은혜를 모르고 있어요. 우리도 부모님과 이웃, 사회로부터 많은 은혜를 입으며 살아가면서도 그 고마움을 잊을 때가 많아요. 그래서 가난한 남자처럼 아무런 배려 없이 함부로 행동할 때가 있어요. 경솔한 행동은 상대방에게 큰 상처를 입히게 돼요. 또 잘못된 관계는 나에게 나쁘게 돌아와요. 늘 겸손한 마음으로 이웃을 배려해야 해요.

속담 엎질러진 물.

엎질러진 물은 다시 주워 담을 수 없듯 한번 저질러진 일은 숨길 수 없다는 뜻이에요.

남자가 뱀에게 입힌 상처는 회복되기 어려워요.

사자성어 복수난수(覆水難收)

覆	水	難	收
엎어질 복	물 수	어려울 난	거둘 수

엎질러진 물은 다시 담을 수 없다는 뜻이에요.

사회성

여럿이 모여 이룬 집단을 '사회'라고 불러요.

가족, 학교, 마을, 나라 등 우리가 속한 사회에서

행복하게 잘 지내는 것이 사회성이에요.

사회성이 있는 사람은 남을 소중하게 여기고 다른 사람의 의견에 귀를 기울여요.

그래서 마침내 행복한 사회를 만들어 내요.

사자를 비웃은 어리석은 당나귀

사자가 길을 가다가 당나귀와 마주쳤다. 그런데 당나귀가 이유도 없이 사자를 비웃는 것이었다. 당나귀가 비웃는 것을 본 사자는 어이가 없어서 혼자 중얼거렸다.

"별 이상한 녀석을 다 봤군. 뭐 상대가 되어야 화라도 내지. 괜히 내 입을 네 피로 더럽히고 싶지는 않아. 똥이 무서워서 피하니? 더러워서 피하지."

종종 까닭 없이 남을 질투하거나 비웃는 사람이 있어요. 그것은 남에게 상처를 주는 행동이에요. 또 잘못하면 화를 입을 수도 있어요. 사자가 지금은 참고 있지만 당나귀가 못된 버릇을 고치지 않으면 아마 가만히 있지 않을 거예요.

속담 똥 묻은 돼지가 겨 묻은 돼지를 나무란다.

더 큰 흉을 가지고 있으면서 남의 작은 흉을 말하는 사람이 있어요. 약한 당나귀가 까닭 없이 힘센 사자를 무시하는 것이 우스워요. 이런 태도로 지내면 학교생활을 제대로 할 수 없어요.

사자성어 도행역시(倒行逆施)

倒	行	逆	施
넘어질 도	다닐 행	거스릴 역	베풀 시

도리에 맞지 않는 일을 억지로 행하는 것을 말해요. 당나귀는 사리에 맞지 않는 엉뚱한 행동을 하고 있어요.

허풍쟁이 당나귀

산길을 가고 있던 당나귀가 사자와 마주치자 이렇게 허풍을 떨었다.

"나랑 같이 산 정상으로 올라가면, 다른 동물들이 얼마나 나를 무서
워하는지 보여 드리죠."

사자는 그렇게 말하는 당나귀를 보니 어이가 없었다. 사자는 그래도
당나귀가 어떻게 할지 궁금해서 산 위로 따라 올라가 보았다.

당나귀는 산 정상에 이르자 갑자기 큰 소리로 울부짖기 시작했다. 그
러자 숲에 있던 산토끼나 다람쥐, 그리고 새 같은 짐승들이 깜짝 놀라
도망치기 시작했다.

기분이 으쓱해진 당나귀에게 사자가 비아냥거리며 말했다.

"당나귀야, 너의 목소리만 들으면 무서울지 모르겠다만, 나는 네가

당나귀라는 걸 알기 때문에 하나도 안 무섭구나.”

동물들이 도망친 이유는 사자가 산 정상에 있었기 때문이에요. 그것
도 모르고 당나귀는 잘난 체를 해요. 우리는 다른 사람들과 함께 생
활할 때 늘 진실하게 행동해야 해요. 잘난 척 허풍을 떨면 오히려 웃
음거리가 돼요.

속담　자기가 한 말은 반드시 자신에게로 되돌아온다.

여러 사람과 잘 지내려면 입조심을 해야 한다는 뜻이에요. 당나귀처럼 허풍을 떨면 결국 외톨이가 돼요.

사자성어　허장성세(虛張聲勢)

虛	張	聲	勢
빌 허	베풀 장	소리 성	형세 세

실력은 없으면서 허세를 부리며 허풍을 떠는 걸 말해요. 당나귀는 허풍 때문에 친구들과 잘 지내기 어려울 것 같아요.

아이와 늑대

높은 바위 위의 안전한 곳에 서 있던 아이가 바위 밑으로 지나가는 늑대를 보더니 비웃기 시작했다.

"이봐, 늑대. 이리 한번 올라와 봐."

아이의 비웃음 소리를 들은 늑대는 걸음을 멈추고 위를 올려다보았다.

늑대는 화가 났지만 한번 씩 웃고는 이렇게 말했다.

"이봐, 겁쟁이. 네가 나를 화나게 할 수 있다고 생각하지 마. 나를 정말로 비웃는 건 네가 아니야. 네가 서 있는 바위일 뿐이라고!"

자신은 아무 능력도 없으면서 배경만 믿고 잘난 척을 하는 친구가 있어요. 이런 사람은 다른 사람과 좋은 관계를 가질 수 없어요. 아이는 높은 바위를 믿고 늑대를 조롱해요. 혹 나중에 아이가 늑대에게 당할까 봐 걱정이 돼요. 우리는 여러 사람과 생활할 때 늘 겸손하게 행동해야 해요.

속담 말 한마디에 천 냥 빚을 갚는다.

말을 잘 하면 큰 빚도 갚을 수 있다는 뜻으로 말 한마디가 얼마나 중요한지 알려주고 있어요.

사자성어 각주구검(刻舟求劍)

刻	舟	求	劍
새길 각	배 주	구할 구	칼 검

사리에 어둡고 융통성이 없다는 뜻이에요. 아이는 지금 사리 분별을 못하고 있어요.

힘으로는 이길 수 없는 늑대를 화나게 했어요.

동족에게 버림받은 까마귀

자신이 못생겼다고 불평하던 까마귀가 있었다. 까마귀는 어느 날 우연히 공작새의 깃털을 주웠다.

"와! 대박!" 까마귀는 그것으로 자기를 공작새처럼 치장했다. 그러고는 자기 동족들을 무시하고 공작새들과 어울리며 한껏 뽐내고 다녔다.

그런데 공작새들이 까마귀가 자기들의 동족이 아니라는 것을 알게 되었다. 공작새들은 화가 나 까마귀의 몸에 치장되어 있던 자신들의 깃털을 모두 뽑아내고 혼쭐을 내어 쫓아 버렸다.

까마귀는 온몸에 상처를 입고는 자기 동족들을 찾아갔다. 하지만 아무도 반겨 주지 않았다. 그때 한 까마귀가 이렇게 말했다.

"네가 까마귀라는 사실을 부끄러워하지 않았다면 오늘 같은 일은 당

하지 않았을 거야. 그리고 우리에게도 버림받지 않았을 거야.”

우리 몸은 끊임없이 우리에게 무엇인가를 요구해요. 아무리 멋있는 옷을 입어도 더 멋있는 옷이 사고 싶어져요. 자신에 대해서 지나친 욕심을 가지면 친구들과 잘 지낼 수 없어요. '지금도 충분히 멋지다' 라고 자신에게 차분하게 이야기하면서 지나친 욕심을 제어하는 능력 을 갖추어야 사회성을 갖게 돼요.

속담 바다는 메워도 사람의 욕심은 못 채운다.

욕심이 많은 사람을 이르는 말이에요. 까마귀는 남에게 대우받고 싶어 하는 욕심 때문에 허영심이 생겨 공작새의 깃털을 주워 자기를 꾸민 거예요. 이렇게 행동하면 친구들이 싫어해요.

사자성어 무욕청정(無慾淸淨)

無	慾	淸	淨
없을 무	욕심 욕	맑을 청	깨끗할 정

욕심이 없이 맑고 깨끗함. 무욕청정의 마음을 가지면 친구들과 잘 지낼 수 있고 리더도 될 수 있어요.

양다리 걸친 박쥐의 운명

새들과 동물들 사이에 아주 치열한 싸움이 벌어졌다. 양쪽 다 막상막하라서 누가 이길지 알 수가 없었다. 박쥐는 이 싸움에서 피해를 입고 싶지 않아 가만히 지켜보다가 수도 많고 몸집도 큰 동물들 편으로 가기로 했다. 박쥐는 날개를 접고 가서 그들 편인 척했다.

하지만 갑자기 독수리가 새들의 편에 합세하면서 상황이 달라졌다. 이번에는 새들이 이길 기세였다. 박쥐는 얼른 날개를 펴고 새들 편으로 가서 함께 동물들을 공격하기 시작했다. 박쥐가 예상한 대로 결국 새들이 이겼다.

그런데 많은 새들이 박쥐가 날개를 접고 동물들의 편으로 갔던 것을 기억했다. 결국 박쥐는 새들에게 쫓겨나서 빛이 없는 어두운 동굴 속에서 평생을 살아야 했다.

친구 간에는 의리가 아주 중요해요. 의리를 지키지 못하면 박쥐처럼 외롭게 홀로 지낼 수밖에 없어요. 혹 의리를 지키지 못해 친구와 서 먹서먹한 상태가 되진 않았나요? 그렇다면 친구에게 용기를 내어 용서를 구해요. 그리고 약한 친구를 도와주는 생활을 시작해 봐요. 이미 지나간 일은 바꿀 수 없지만, 앞으로의 행동은 얼마든지 바꿀 수 있어요.

속담 간에 붙었다 쓸개에 붙었다 한다.

자기에게 조금이라도 이익이 되면 지조 없이 이편에 붙었다 저편에 붙었다 함을 이르는 말이에요. 이렇게 행동하면 단 한 명의 친구도 얻을 수 없어요.

사자성어 담수지교 (淡水之交)

淡	水	之	交
맑을 담	물 수	갈 지	사귈 교

물과 같은 담박한 사귐이라는 뜻으로, 친구와는 이처럼 진실한 마음으로 사귀어야 해요.

자유

자유란 구속받지 않고 자기 마음대로 할 수 있는 상태를 말해요.

인간은 누구나 자유롭게 살 권리가 있어요.

정의로운 사회는 국민의 자유를 존중하여 행복한 삶을 살게 해요.

빵보다 자유가 좋은 늑대

늑대와 개가 산에서 만났는데 개의 얼굴이 좋아 보여 늑대가 이렇게
말했다.

"이보게 친구, 얼굴이 좋을 걸 보니 살기가 편한가 보군."

그러자 개가 대답했다.

"나는 도둑으로부터 집을 지키는 일만 하면 된다네. 내가 떡 버티고
있으면 도둑은 얼씬도 못하지. 그래서 우리 주인님은 매일 큼지막한
뼈다귀와 먹을 것을 주신다네. 매일 배가 터지도록 먹고 늘어지게 잠
도 자니 얼굴이 좋을 수밖에."

"우와! 정말 팔자가 좋구만. 나도 자네 같이 편하게 먹고 잘 수만 있
다면 더 바랄 게 없겠네."

　늑대의 말을 듣고 개가 말했다.

　"나같이 살고 싶으면 나랑 같이 가세."

　늑대는 개를 따라 나섰다. 그런데 늑대가 보니 개의 목에 상처가 있었
다.

　"자네 목에 있는 상처는 뭐지?"

　그러자 개가 대답했다.

　"우리 주인은 내 성질을 사납게 만들려고 낮에는 묶어 놓고, 밤에만
풀어 준다네. 그래서 생긴 사슬 자국이야."

　개의 말을 듣고 늑대가 말했다.

"친구야, 나는 사슬에 묶여 살고 싶지 않아. 그냥 숲 속에서 자유롭게 살래. 자유가 없다면 네가 자랑한 것들이 나한테는 아무 소용이 없다네."

늑대는 쇠사슬에 묶여 공짜로 먹는 밥을 편하다고 생각하지 않아요. 그보다는 자유롭게 사는 것을 더 소중하게 여기고 있어요. 늑대는 자유가 있기 때문에 배가 고프면 숲에서 얼마든지 사냥을 할 수 있으니까요.

속담   쇠사슬에 묶여 바르게 걷는 것보다 자유롭게 잘못 걷는 쪽이 인간에게는 낫다.

무엇이든 자기 스스로 할 수 있는 삶이 가치 있고 행복하다는 뜻이에요. 늑대는 스스로 먹이를 찾는 것을 행복하다고 생각해요.

사자성어   호분고산(虎奔高山)

虎	奔	高	山
범 호	달릴 분	높을 고	뫼 산

호랑이가 높은 산에 돌아온다는 뜻이에요. 호랑이는 높은 산에서 태어나 자유롭게 살았기 때문에 그곳을 찾아 돌아와요.

소년과 개구리

몇 명의 소년들이 연못 근처에서 놀다가 개구리가 있는 것을 보고 돌을 던지면서 놀기 시작했다. 많은 개구리들이 그만 소년들이 던진 돌에

맞아 목숨을 잃었다. 그때 한 개구리가 위험을 무릅쓰고 물 밖으로 얼굴
을 내밀고는 소년들에게 외쳤다.

"이제 제발 그 잔인한 놀이를 그만두지 못하겠어! 너희에게는 그저
놀이지만 우리들에게는 죽음이라고!"

소년들은 자신들이 자유롭다고 생각할지 모르지만 남의 목숨을 빼
앗는 악한 놀이를 즐기고 있는 거예요. 역사 속에서도 히틀러 같은
독재자들이 악을 놀이로 삼았어요. 그래서 수많은 사람들이 자유를
찾기 위해 싸웠어요. 계속 두려움으로 침묵한다면 개구리들은 자유
를 찾을 수 없어요. 자유를 찾으려면 용감한 개구리처럼 악에 저항
해야 해요.

속담 궁지에 몰린 쥐가 고양이를 문다.

아무리 약한 놈이라도 죽을 지경에 이르면 강적에게 용기를 내어 달려든다는 뜻이에요.

사자성어 호연지기(浩然之氣)

浩	然	之	氣
넓을 호	그럴 연	의지	기운 기

크고 넓게, 즉 왕성하게 뻗친 기운이라는 뜻으로 단순한 육체적 기운이 아니라 의로운 것을 얻기 위해 용기를 내는 것을 말해요.

감언이설★이 진실을 이기는 세상

　진실한 사람과 거짓말을 잘하는 사람이 친구가 되어 세상 여기저기를 여행하다가 원숭이 왕국에 머물게 되었다. 원숭이 왕은 호시탐탐 다른 나라를 공격해서 못된 짓을 일삼는 동물이었다. 원숭이 왕은 그들을 자기 앞으로 끌고 오라고 했다. 끌려와 보니 원숭이 왕은 황제처럼 근사한 옷을 입고 옥좌에 앉아 있었고, 다른 원숭이들 역시 사람같이 차려 입고 모여 있었다.

　원숭이 왕이 그들에게 물었다.

　"나와 여기 있는 내 신하들이 어떻게 보이느냐?"

　거짓말을 잘하는 사람이 얼른 대답했다.

　"당신은 위대하고 존경스러운 분입니다. 그리고 신하들은 사람보다

★감언이설 : 귀가 솔깃하도록 남의 비위를 맞추거나 이로운 조건을 내세워 꾀는 말.

멋진 기사들처럼 보입니다."

달콤한 말에 기분이 으쓱해진 원숭이 왕은 그에게 많은 상을 내리라고 신하들에게 명령했다. 그 광경을 지켜보던 진실한 사람이 속으로 생각했다.

'아무 생각 없이 오직 살려고 거짓말을 하는 친구의 말을 듣고 상을 내리는군.'

그때 원숭이 왕이 진실한 사람에게 물었다.

"내가 누구같이 보이느냐? 그리고 나와 함께 있는 신하들은 어떻게 보이느냐?"

진실한 사람이 대답했다.

"당신과 신하들은 모두 원숭이로 보입니다."

그 말을 들은 원숭이 왕은 너무 화가 나 진실한 사람을 끌어내 죽이라고 명령했다.

왜 옳은 말이 중요할까요? 세상을 올바르게 이끌어가기 때문이에요. 역사 속에서 옳은 말을 하다 목숨을 잃은 사람들이 많아요. 하지만 그들 덕분에 자유가 지켜졌어요. 어떤 대가가 따르더라도 옳은 말을 할 줄 아는 사람이 되어야 감화를 주고 세상을 변화시킬 수 있어요. 옳은 말 하는 것을 두려워하면 안 돼요.

속담 입은 삐뚤어져도 말은 바로 하라.

어떤 상황에서도 바르고 옳은 말을 해야 한다는 뜻이에요.

사자성어 상송상청(霜松常靑)

霜	松	常	靑
서리 상	소나무 송	떳떳할 상	푸를 청

나무는 추운 서리에서도 그 푸름을 잃지 않는다는 뜻으로 항상 바른 길을 가는 사람을 비유할 때 쓰는 말이에요.

도둑을 쫓아 버린 개

부잣집에 도둑질을 하러 간 도둑이 집 문을 지키고 있는 개를 보았다. 도둑은 개가 짖을 것을 대비해 소시지를 던져 주었다. 그러자 개가 이렇게 말했다.

"너는 우리 주인과 가족들을 다치게 하고, 집에 있는 물건들을 훔쳐 가려는 것이지? 네가 나한테 소시지를 던져 준 이유는 나보고 짖지 말고 조용히 있으라는 뜻이겠지. 네가 던져 준 소시지를 먹고 나의 행복이 깨지는 것을 참을 수 없어. 나는 지금 목청이 터져라 있는 힘을 다해 짖어서 집 안에 도둑이 들었다는 것을 주인님과 식구들에게 알릴 거야. 나는 현재 닥친 일만 보지 않고 다가올 미래도 본단다. 그러니까 좋게 말할 때 조용히 돌아가."

세상에는 불의한 일들이 참 많아요. 도둑은 수단과 방법을 가리지 않고 목적을 달성하기 위해 소시지로 개의 입을 막으려 해요. 하지만 개는 도둑의 꼬임에 넘어가지 않아요. 불의에 맞서 싸우는 사람만이 자유를 지킬 수 있어요. 정의를 실천하는 사람이 많아야 행복한 사회가 돼요.

속담 　아무리 목말라도 도천(盜泉 : 도둑들의 샘물)의 물은 마시지 않는다.

아무리 궁해도 불의를 저지르지 않겠다는 뜻이에요.

사자성어 　사불범정(邪不犯正)

邪	不	犯	正
간사할 사	아닐 불	범할 범	바를 정

사악한 것이 바른 것을 범하지 못한다는 뜻으로 정의로운 것이 승리한다는 뜻이에요.

시골 쥐와 서울 쥐

서울 쥐가 시골 쥐의 초대를 받게 되었다. 시골 쥐의 집은 너무나도 초라했다. 식사도 도토리나 콩 같은 보잘것없는 것들이었다. 하지만 시골 쥐는 아주 행복했다. 며칠 후 서울 쥐가 자기 집으로 돌아가면서 시골 쥐를 초대했다. 서울 쥐가 사는 집은 궁궐처럼 좋았고 음식도 시골에서는 볼 수 없는 진수성찬이었다.

서울 쥐가 시골 쥐에게 말했다.

"친구야, 먹을 것이 많으니 네가 먹고 싶은 만큼 많이 먹으렴."

시골 쥐는 이 음식 저 음식 맛보느라 정신이 없었다. 그때 갑자기 집 주인이 큰 소리를 내며 문을 열었다. 서울 쥐는 자기가 사는 곳이라 지리를 훤히 알고 있었기에 얼른 숨을 수 있었다. 하지만 시골 쥐는 어디

가 어디인지 몰라 우왕좌왕하다가 간신히 천장으로 올라갔다. 시골 쥐
는 붙잡혀 죽을까 봐 잔뜩 겁을 집어먹고 오들오들 떨었다. 집주인이 문
을 잠그고 다시 외출을 하러 나가자 서울 쥐가 시골 쥐에게 말했다.

"도망치느라 많이 놀랐지? 자, 이제 다시 먹으러 가자. 이제 아무 일
도 없을 거야."

그러자 시골 쥐가 대답했다.

"이곳은 어느 곳도 안전하지 않은 것 같아. 잡힐까 봐 걱정하며 살아
야 하니 말이야. 이곳에 있는 누구도 너를 좋아하지 않는 것 같구나.
그러니 너나 실컷 먹고 놀아. 나는 빨리 시골로 돌아가고 싶어."

시골 쥐가 초라한 자신의 집으로 돌아가고 싶은 이유는 그곳에 자유가 있기 때문이에요. 사실 집은 가족, 동네, 세계, 자연 등 우리를 둘러싼 모든 것들이에요. 마음이 편안한 곳이 우리의 집이에요. 내가 있음으로 상대방이 편안한 자유를 느낄 수 있다면 내가 그 사람의 집이 될 수도 있어요.

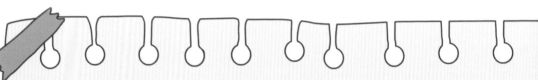

이야기 속에서 찾아보는 **속담**과 **사자성어**

속담 동쪽, 서쪽에 가 봐도 내 집이 최고.
내 집보다 더 좋은 곳은 없다는 뜻이에요.

사자성어 유연자적(悠然自適)

悠	然	自	適
멀 유	그럴 연	스스로 자	맞을 적

속박됨이 없이 자기가 하고 싶은 대로 마음 편히 지냄을 이르는 뜻이에요.

자존감

자존감은 나를 소중히 여기는 마음이에요.

나에게도 다른 사람 못지않게 뛰어난 점이 많다는 걸 언제나 생각하세요.

그리고 자신 있게 인생을 살아가세요. 그러면 반드시 훌륭한 사람이 돼요.

사랑에 빠진 사자

나무꾼의 딸을 사랑하는 사자가 있었다. 사자는 나무꾼에게 딸과 결혼하게 해 달라고 간청했다. 사자의 요구가 내키지 않아 나무꾼은 위험한 결혼은 시킬 수 없다며 딱 잘라 거절했다.

그래도 사자는 포기할 수 없었다. 그래서 날마다 나무꾼의 집에 찾아가 사정을 했다. 고민하던 나무꾼에게 기발한 생각이 떠올랐다.

"다시 생각해 보니 자네같이 늠름한 청년을 다시는 만나기 어려울 것 같군. 그러나 자네는 날카로운 이빨과 무시무시한 발톱을 가지고 있네. 그것 때문에 내 마음이 놓이질 않는군. 내 딸에게 어울리는 신랑이 되려면 먼저 자네의 이빨과 발톱을 뽑아야 할 것이네."

"아, 그렇습니까? 그건 쉬운 일이지요."

사자는 나무꾼의 말을 듣자마자
당장 집으로 달려가 이빨과 발톱을
모두 뽑았다. 그런 다음 다시 나무꾼에
게 찾아가 이제 사위로 받아 달라고 말했다.
그러나 이빨과 발톱이 없는 사자를 두려워할 사람은 없었다. 나무꾼은
당장 커다란 몽둥이를 들고 와 사자를 때려 집 밖으로 쫓아냈다.

사자는 나무꾼의 딸과 너무 결혼하고 싶은 나머지 나무꾼의 요청을
몽땅 받아 주었어요. 이빨과 발톱은 사자에게 가장 소중한 것이에요.
사자는 자신의 장점을 잃었기 때문에 자신을 두려워하던 사람에게
조차 당하고 말았어요.

속담   내 돈 한 푼이 남의 돈 천 냥보다 낫다.

남의 것이 아무리 좋아도 내가 가진 것이 더 소중하다는 뜻이에요. 그러니 사자처럼

내 것을 소홀히 여기면 안 돼요.

사자성어   자화자찬(自畫自讚)

自	畫	自	讚
스스로 자	그림 화	스스로 자	기릴 찬

자기가 그린 그림을 스스로 칭찬한다는 뜻으로, 자기가 한 일을 자기 스스로 자랑함

을 이르는 말이에요. 자기 스스로를 사랑하고 칭찬하는 것도 아주 중요해요.

불평이 많은 공작새

어느 날 공작새가 헤라 여신을 찾아갔다.

"나이팅게일은 노래를 잘 불러요. 하지만 제가 노래를 부르면 전부 비웃어요. 그리고 저는 자연이나 인간들이 살아가는 것에 대해서는 아는 것이 아무것도 없는데, 나이팅게일은 훤히 알고 있어요."

헤라 여신은 공작새의 말을 듣고 이렇게 말했다.

"그 대신 너는 나이팅게일보다 아름답잖니? 너보다 더 빛깔이 곱고 화려한 새는 이 세상에 없단다. 네 깃털이 얼마나 예쁘니? 그러니 욕심 부리지 말고 네 자신에게 만족해라."

공작새가 대답했다.

"저는 모든 면에서 다 뛰어나야 해요. 그런데 목소리만 그렇지 못해요."

그러자 헤라 여신이 말했다.

"신은 공평하단다. 신의 뜻에 따라 모두에게 재주가 분배되어 있지. 너는 아름다운 깃털이 있고, 독수리에는 힘이 있고 나이팅게일에게는 아름다운 목소리가 있지. 학은 울음소리로 그날의 날씨를 알게 해 주고 수탉은 새벽 시간을 알게 해 준단다. 이렇듯 한 가지씩 재주를 나눠 가진 거야. 그러니 너 혼자 욕심 부리지 말고 신이 너에게 주신 것을 감사하며 살아라."

나이팅게일은 자기에게 어떤 좋은 것이 있는지 깨닫지 못하고 불평을 해요. 남들 보란 듯이 살고 싶나 봐요. 남과 지나치게 경쟁하고 남의 시선을 지나치게 의식하며 사는 사람은 자존감을 잃게 되어 한 번뿐인 자신의 보석 같은 인생을 휴지 조각으로 만들어 버리지요.

이야기 속에서 찾아보는 **속담**과 **사자성어**

속담 **남의 떡이 커 보인다.**

나에게 없는 것을 상대방이 가지고 있으면 실제보다 크고 좋게 보여요. 그렇게 되면 자신이 가지고 있는 것을 고마워할 줄 모르게 돼요. 남과 비교하면 자신감을 잃게 되어 불행해져요.

사자성어 **소탐대실(小貪大失)**

小	貪	大	失
작을 소	욕심낼 탐	클 대	잃을 실

적은 것을 탐하다가 큰 것을 잃는다는 뜻이에요. 자꾸 남과 비교하면 자신의 소중한 것을 잃게 돼요. 바로 자존감을 잃게 되지요.

거북이와 독수리

거북이는 늘 초라하고 볼품없는 다리로 엉금엉금 기어 다닌다며 불만을 품었다. 그러면서 자기도 새처럼 하늘을 훨훨 날아보고 싶다고 입버릇처럼 말했다. 거북이는 구름 속을 자유자재로 날고 있는 새들을 보면서 만약 자신을 하늘에 데려다 준다면 새 못지않게 날 수 있을 것이라고 생각했다.

어느 날 거북이는 독수리에게 만일 하늘을 나는 방법을 가르쳐 준다면 바다에 있는 보물을 주겠다고 제안했다. 그러자 독수리가 이렇게 말했다.

"네가 하늘을 난다는 것은 무모한 일이야. 그냥 너 자신으로 만족해."

하지만 거북이는 제발 하늘을 날게 해 달라고 독수리에게 간절히 부

탁했다.

아무리 설득해도 소용이 없자 독수리는 할 수 없이 거북이를 하늘로 데려가기로 했다.

독수리는 거북이를 붙잡고 하늘로 올라가서 말했다.

"어때, 좋아?"

"응, 너무 멋져. 이제 나는 법을 가르쳐 줘."

"자, 다리를 쭉 빼고 힘차게 펄럭여 봐."

그러면서 독수리는 거북이를 놓았다.

거북이는 결국 죽고 말았다.

행복하게 살려면 자존감을 가지고 있어야 해요. 그러려면 어떻게 해야 할까요? 우선 남과 비교하지 말아야 해요. 그리고 자신이 하고 있는 일이 아주 의미 있다는 것을 깨달아야 해요. 여러분에게 있는 소중한 장점을 한번 생각해 보아요.

이야기 속에서 찾아보는 속담과 사자성어

속담　뱁새가 황새의 걸음걸이를 따라가려면 가랑이가 찢어진다.

자기 분수대로 살아야 한다는 뜻이에요. 거북이는 자신의 모습에 만족하며 살아야 했어요.

사자성어

유아독존 (唯我獨尊)

唯	我	獨	尊
오직 유	나 아	홀로 독	높을 존

이 세상에 나보다 존귀한 존재는 없다는 말이에요. 자존감이 없으면 거북이처럼 비참한 결과를 맞을 수 있어요.

당나귀와 메뚜기

메뚜기들이 노래하는 것을 들은 당나귀는 그들이 부르는 아름다운 소리에 심취되어 그들에게 이렇게 물었다.

"어떻게 그렇게 아름다운 소리를 내는 거니? 도대체 무얼 먹어서 그런 거야?"

"저녁 식사로 이슬을 먹는데 아마 그래서인가 봐요."

당나귀는 그날부터 이슬만 먹기 시작했다.

당나귀는 이슬만 먹다가 결국 굶어 죽고 말았다.

누구에게나 잘 할 수 있는 게 있어요. 그러니 남을 부러워하지 말고 자기가 잘 할 수 있는 것을 찾아야 해요. 자기가 할 수 있는 것에 자신감을 가지고 꾸준히 노력하면 그 분야에서 고수(어떤 분야나 집단에서 기술이나 능력이 매우 뛰어난 사람)가 될 수 있어요. 하지만 고수는 자신의 능력을 함부로 드러내지는 않는답니다.

속담 한 우물을 파라.

무슨 일이든 한 가지를 꾸준히 해야 이룰 수 있다는 뜻이에요. 자신감을 가지고 노력하면 안 되는 게 없어요. 당나귀도 나름대로 열심히 노력하면 자신의 훌륭한 점을 발전시킬 수 있어요.

사자성어 우공이산(愚公移山)

愚	公	移	山
어리석을 우	귀 공	옮길 이	메 산

우공이라는 사람이 산을 옮기듯이 어려움을 두려워하지 않고 굳센 의지를 가지고 노력하면 결국 성공할 수 있다는 말이에요.

북산에 우공이라는 아흔 살 된 노인이 살고 있었어요. 그런데 노인의 집 앞에는 큰 산이 가로막고 있어 무척 불편했어요. 노인은 아들과 손자와 함께 지게에 흙을 져서 바다에 버리고 돌아왔어요. 이웃 사람들이 "이제 멀지 않아 죽을 당신인데 어찌 그런 무모한 짓을 합니까?" 하고 비웃자, "내가 죽으면 내 아들, 그가 죽으면 손자가 계속할 것이오. 그동안 산은 깎여 나가겠지만 더 높아지지는 않을 테니 언젠가는 길이 날 것이오."라며 계속해서 일을 했어요. 1년이 지나서도 계속하자 두 산을 지키던 산신이 큰일 났다고 여겨 하느님에게 달려가 산을 구해 달라며 호소했어요. 하나님은 두 산을 각각 동쪽과 남쪽으로 멀리 옮겼다고 해요.

강아지 흉내를 낸 당나귀

당나귀는 주인이 강아지만 귀여워하는 것 같아 샘이 났다.

'주인은 왜 저런 조무래기를 좋아하는 거야? 나도 강아지처럼 해 보아야지.'

당나귀가 혼자서 이런 생각을 하고 있을 때 밖에 나갔던 주인이 돌아왔다. 당나귀는 주인을 향해 뛰어나가면서 강아지처럼 주인에게 껑충껑충 뛰어올랐다. 그러고는 주인의 어깨에 발을 올리고 혀로 주인의 얼굴을 핥기 시작했다.

당나귀가 큰 몸으로 주인을 짓누르는 바람에 주인 꼴이 엉망이 되었다. 당나귀의 기이한 행동에 놀란 주인은 살려 달라고 소리를 질렀다.

"아이고, 이놈이 왜 이래!"

식구들은 깜짝 놀라 몽둥이 하나씩을 들고 나와 당나귀를 패기 시작했다.

당나귀는 우리 안으로 끌려들어가 묶여 살아야 하는 신세가 되고 말았다.

강아지처럼 재롱을 부리지는 않지만 무거운 짐을 날라 자신을 돕는 당나귀는 주인에게 아주 소중한 동물이에요. 당나귀는 이것을 모르고 기이한 행동으로 주인을 실망시키고 자신도 슬픈 삶을 살게 되었어요. 우리는 자신의 가치를 높이 평가할 줄 아는 사람이 되어야 해요. 요즘은 어른들이 공부만 중요하게 여겨 어린이들이 주눅 들어 있어요. 하지만 세계적인 스타들은 공부보다 자존감을 앞세워 미래를 개척한 사람들이에요. 타인과 비교하지 말고 자신의 자존감을 키워나가야 해요. 자존감이 있는 사람은 책임감도 있어서 자신의 일을 열심히 해요.

속담 남의 집 금송아지가 우리 집 송아지만 못하다.

남의 것이 아무리 좋아 보여도 자기에게는 소용이 없으니, 좋지 않은 것일지라도 제 것일 때 실속이 있다는 말이에요. 남과 비교하지 말고 나에게 있는 것으로 열심히 노력하는 게 더 중요해요.

사자성어 임중도원 (任重道遠)

任	重	道	遠
맡길 임	무거울 중	길 도	멀 원

책임이 중대하므로 오랫동안 노력하여야 함을 뜻하는 말이에요. 남을 부러워하지 말고 우리에게 주어진 일을 열심히 하는 사람이 되어야 해요.

정직

정직이란 마음에 거짓이나 꾸밈이 없이 바르게 행동하는 것을 말해요.

처음부터 남을 속이려는 사람은 거의 없을 거예요.

하지만 실수를 저질렀거나 큰 위기를 당하면 당황한 나머지 거짓을 말하기도 해요.

하지만 우리는 어떤 순간에도 정직해야 해요.

거짓을 말하면 또다시 거짓을 말하게 되기 때문이에요.

꼬리 없는 여우

어느 날 여우가 덫에 걸렸다. 살아날 수 있는 유일한 길은 꼬리를 남겨 두고 가는 방법뿐이었다. 하지만 꼬리가 없으면 다른 여우들의 웃음거리가 될 것이 뻔했기 때문에 그럴 바엔 차라리 죽는 게 낫겠다는 생각이 들기도 했다. 하지만 여우는 살기 위해 결국 꼬리를 자르고 덫에서 탈출했다.

여우는 집으로 돌아와 회의를 소집하고 친구들에게 이렇게 말했다.

"지금 내가 얼마나 편하게 다니는지 너희들은 모를 거야. 꼬리를 짧게 해서 다니는 것을 직접 시도해 보지 않았다면 나도 그것을 몰랐을 거야. 지금 와서 생각해 보니 꼬리는 너무 추하고 불편한 것이었어. 그리고 우리 여우들이 오랜 시간을 그렇게 거추장스런 꼬리를 질질

끌며 살아왔다는 것이 부끄러울 따름이야. 그래서 말하는 건데, 너희
들도 나처럼 꼬리를 자르고 편하게 다녔으면 해."

그 말을 듣고 한 익살맞은 여우가 일어나 긴 꼬리를 자랑스럽게 흔들
면서 이렇게 말했다.

"친구야, 만약 나도 너처럼 꼬리를 잃어버렸다면 그렇게 생각해서 위
안을 얻었을 거야. 하지만 나는 사고를 당하지 않는 한 절대로 꼬리를
지녀야 한다고 생각해."

여우는 꼬리를 잃어서 부끄러웠나 봐요. 그렇다고 핑계를 댈 필요는
없어요. 정직하게 친구들에게 말했다면 부끄러움을 당하지 않았을
거예요.

이야기 속에서 찾아보는 속담과 사자성어

속담 마음속에 품고 있는 생각은 자신과 닮은 것을 낳는다.

여우는 비겁한 생각을 했기 때문에 비겁한 행동을 하고 있는 거예요. 여우는 정직하지 못해 다른 여우들에게 놀림감이 되었어요.

사자성어 양두구육(羊頭狗肉)

羊	頭	狗	肉
양 양	머리 두	개 구	고기 육

양의 고기를 내걸고 실상은 개고기를 판다는 뜻으로 겉과 속이 다름을 말해요. 여우는 속으로는 꼬리가 없는 것이 부끄러우면서 겉으론 아닌 척하고 있어요.

빈털터리가 된 양

개가 양에게 빌려 주지도 않는 빵을 돌려달라고 했다.

이 말을 들은 양도 자신은 빵을 빌린 적이 없다며 결백을 주장했다.

개와 양은 한참 동안 실랑이를 벌이다가 결론이 나지 않자 재판관을 찾아가기로 했다.

개는 양이 빵을 빌려가 주지 않는다고 고소했고, 양은 자신은 빵을 받은 적이 없다고 주장했다.

그러자 개가 재판관에게 믿을 만한 증인들이 여럿 있다고 했다. 개는 늑대와 콘도르, 독수리에게 거짓 증인을 해 달라고 부탁해 놓은 상태였다. 먼저 늑대가 증인으로 나와 말했다.

"개가 양에게 빵을 빌려 주는 것을 분명히 봤습니다."

이번엔 콘도르가 말했다.

"양은 빵을 빌려가 놓고 어째서 시치미를 떼는지 모르겠어요."

독수리 역시 증언을 했다.

"제가 있는 자리에서 개가 양에게 빵을 빌려 주었습니다."

재판관은 증인들의 말을 듣고, 양에게 빵도 갚고 그동안의 이자뿐 아니라 재판 경비 모두도 부담하라고 했다. 양은 추운 겨울인데도 불구하고 빵 값을 내기 위해 털을 모두 깎아야 했다.

결국 양은 빌리지도 않은 빵 값을 변상해 주고, 춥고 기나긴 겨울을 벌벌 떨며 지내야 했다.

개와 늑대, 콘도르, 독수리는 모두 정직하지 않아요. 양은 이런 동물들 때문에 손해를 입었어요. 사기를 당해 재산을 잃는 경우도 그런 경우예요. 그러니 정신을 똑바로 차리고 살아야 해요.

속담 거짓말을 밥 먹듯 한다.

개와 세 마리의 동물들은 정직하지 않아 거짓말을 쉽게 하고 있어요.

사자성어 삼인성호(三人成虎)

三	人	成	虎
석 삼	사람 인	이룰 성	범 호

세 사람이 짜면 저잣거리에 호랑이가 나타났다는 거짓말도 할 수 있다는 뜻으로 근거 없는 말이라도 여러 사람이 말하면 곧이듣는다는 뜻이에요. 개가 늑대와 콘도르, 독수리와 짜고 거짓말을 하니 양이 당할 재간이 없네요.

어린 양을 잡아먹은 늑대

늑대는 상류에서, 어린 양은 하류에서 물을 마시고 있었다. 그런데 늑대가 괜히 양을 괴롭히기 시작했다.

"왜 내가 마시는 물을 더럽히는 거야?"

양이 억울해서 늑대에게 말했다.

"제가 있는 곳은 아저씨가 있는 곳보다 아래쪽인데 어떻게 아저씨가 마실 물을 더럽힌다고 하세요?"

늑대는 양의 말이 옳아 할 말이 없는데도 계속 트집을 잡았다.

"감히 나한테 대드는 거냐?"

"언제 대들었다고 그러세요?"

그러자 늑대가 오래 전 이야기를 꺼냈다.

"네가 풀을 뜯어먹어서 내 들판이 망가졌기 때문에 화가 나서 한 말이야!"

그러자 양이 말했다.

"저는 아직 이빨이 나지 않아서 풀을 뜯어먹지 못하는데요. 제가 분명히 아저씨에게 피해를 입힌 것은 없다고요."

그러자 늑대가 결국은 속을 내보였다.

"버르장머리 없는 녀석이구나. 더 이상 대들지 못하도록 너를 잡아먹어야겠다. 작지만 저녁거리로 충분하겠군."

마침내 늑대는 죄 없는 어린 양을 잡아먹었다.

여우는 어린 양을 잡아먹으려고 계속 트집을 잡고 있어요. 정직하지 못한 대상을 만났을 땐 조심해야 해요. 그들의 욕심은 끝이 없기 때문이에요.

속담 행담 짜는 놈은 죽을 때도 버들잎을 물고 죽는다.

행담은 작은 상자 비슷한 것으로, 흔히 버드나무로 만든 거예요. 이 속담은 자기의 본색을 감추기가 어렵다는 뜻이에요. 정직하지 못한 늑대는 결국 본색을 드러냈어요.

사자성어 어불성설 (語不成說)

語	不	成	說
말씀 어	아닐 불	이룰 성	말씀 설

하는 말이 조금도 사리에 맞지 아니한다는 뜻이에요. 늑대는 사리에 맞지 않은 말로 어린 양을 괴롭히고 있어요.

가짜 의사 사자의 궁궁이 속

사자가 어슬렁거리며 걸어가다가 벌판에서 풀을 먹고 있는 말을 보았다. 사자는 어떻게 하면 말을 잡아먹을 수 있을까 하며 고민했다.

사자는 친한 척하면서 말에게 다가갔다. 그러고는 자신이 유능한 의사라고 소개했다. 사자의 속셈을 알아차린 말은 사자가 무섭지 않은 척했다. 말은 사자가 의사라고 한 것을 이용해서 속일 생각이었다. 말은 말굽에 가시가 박혔다며 사자 앞에서 아픈 시늉을 했다.

"의사이신 사자님, 당신이 오셔서 너무 다행이에요. 제 발에 박힌 가시 좀 빼 주세요. 너무 아파요."

사자는 말이 속고 있다고 생각해서 속으로 쾌재를 불렀다. 사자는 측은한 표정을 지으며 가시를 좀 보자고 했다. 말은 사자 앞에 자신의 뒷

발을 내밀었다. 사자가 말굽을 들여다보려고 가까이 왔을 때, 말은 젖먹던 힘까지 다 내어 힘껏 뒷발길질을 했다. 사자는 그만 뒤로 나자빠지며 정신을 잃고 말았다.

사자가 정신을 차렸을 땐 이미 말이 사라진 뒤였다. 사자는 머리가 깨져 피를 흘리며 중얼거렸다.

'난 벌을 받아 마땅해. 속으로는 다른 생각이 있으면서 겉으로는 아닌 척했으니 말이야. 겉과 속이 달라서 벌을 받은 거야.'

사자는 말을 속여 잡아먹으려 했지만 실패했어요. 말이 사자가 거짓말을 한다는 걸 금세 알아차렸기 때문이에요. 거짓말은 이처럼 어리석은 행동이에요. 거짓말은 언젠간 들통 나고 말아요.

속담 죄는 지은 대로 가고 물은 트인 대로 흐른다.

죄를 지으면 반드시 대가가 따르기 마련이니 세상을 거스르지 말고 물 흐르듯 정직

하게 살라는 뜻이에요.

사자성어 인과응보(因果應報)

因	果	應	報
인할 인	열매 과	응할 응	갚을 보

원인과 결과는 서로 물고 물린다는 뜻으로, 좋은 일에는 좋은 결과가, 나쁜 일에는 나

쁜 결과가 따른다는 뜻이에요. 정직하지 못한 사자에게 나쁜 결과가 따라왔어요.

노파와 하녀들

검소하고 부지런한 과부가 있었는데 그녀에겐 두 명의 하녀가 있었

다. 첫 닭이 울 때 일을 시키자 하녀들은 새벽부터 일어나는 게 싫어 음

모를 꾸몄다.

"저 닭을 죽이자. 그럼 새벽부터 일어나지 않아도 돼."

마침내 두 하녀는 닭의 목을 비틀어 죽였다.

닭이 죽어 시간을 알 수 없게 되자 주인은 혼란 상태를 보였다. 결국 주인은 늦잠 자는 게 두려워 하녀들을 한밤중에 깨우기 시작했다.

골칫거리는 하녀들 스스로가 만들어 낸 거예요. 열심히 일을 하다 보면 실력도 키워지고 내공도 쌓이게 돼요. 그렇게 되면 오히려 일찍부터 일하는 것이 즐거워져요. 편한 게 전부가 아님을 깨달아야 해요.

속담 내 마음으로 남의 마음을 저울질한다.

두 하녀는 자기들의 생각으로 주인의 마음을 저울질했어요. 하지만 소용없는 일이에

요. 정직하지 못해 자신들은 물론 주인까지 혼란에 빠뜨렸어요.

사자성어 자승자강(自勝者强)

自	勝	者	强
스스로 자	이길 승	사람 자	굳셀 강

자신을 이기는 사람이 강하다는 뜻이에요. 욕심을 버리고 정직하게 행동하는 사람이

자기를 이기는 사람이에요.

지혜

우리는 살면서 어려운 일을 많이 만나요.

어려움을 벗어나려면 해결법을 찾아야 해요. 그러려면 지혜가 필요해요.

지혜는 어려운 일을 잘 처리할 수 있는 정신적인 능력이에요.

여우와 염소

어느 날 여우가 장난을 치다 그만 우물에 빠지고 말았다. 그런데 아무리 애써도 빠져나갈 수가 없었다. 바로 그때 목이 마른 염소가 우물에 왔다. 여우는 자신의 위험한 상황은 말하지 않고 명랑한 목소리로 말했다.

"이리 내려와 봐, 친구야. 물이 정말 깨끗하고 맛있어."

"어머, 그래?"

염소는 여우의 말을 듣자마자 이것저것 생각해 보지도 않고 얼른 우물 속으로 뛰어 들어갔다. 염소가 물을 마시고 있을 때 여우는 얼른 염소 위에 펄쩍 올라타서 밖으로 나왔다. 염소가 발을 동동 구르며 고함을 치자 여우가 말했다.

"만약 네가 잠시만 생각을 했어도 절대로 우물에 내려오지 않았을 거야."

여우가 자신의 위험한 상황을 말하지 않고 명랑한 목소리로 말하자 염소는 의심하지 않고 고스란히 믿어요. 물론 염소를 속인 여우는 나빠요. 하지만 염소는 여우가 왜 그렇게 말하는지 지혜롭게 생각해 보아야 했어요. 어떤 일을 하기 전에 항상 잠시라도 생각해 보아요.

속담 앞을 보기 전에 먼저 뒤를 보라.

염소는 오로지 깨끗한 물에만 욕심을 냈어요. 내려가서 물을 먹고 난 후 어떤 일이 생

길지 지혜롭게 생각해 보아야 했어요.

사자성어 불문곡직(不問曲直)

不	問	曲	直
아닐 불	물을 문	굽을 곡	곧을 직

일의 옳고 그름을 묻지 아니하고 다짜고짜로 행동한다는 뜻이에요. 염소가 그렇게 행

동했어요.

방심한 양들

양들이 무리를 지어 평화롭게 살고 있는데 어느 날 동물을 잡아 파는 일을 하는 백정이 왔다. 하지만 양들은 별로 신경을 쓰지 않았다. 양들이 무관심한 것을 본 백정은 무리 중 한 마리를 잡아 죽였다. 그것을 본

양들은 당장 자기가 당한 일은 아니기 때문에 가볍게 넘겨 버렸다.

마침내 백정은 양 한 마리만 남겨 놓고 그 많던 양들을 다 잡아 죽였다. 마지막에 양이 백정에게 울면서 말했다.

"우리 양들이 네 손에 죽는 건 어쩌면 당연한 일인지도 몰라. 네가 한 마리씩 잡아서 죽이는 것을 알았는데도, 전혀 신경 쓰지 않고 내버려 두었거든. 처음에 우리가 서로 힘을 합쳐서 너를 쫓아냈어야 했는데."

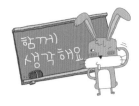

백정이 무엇을 하러 왔는지도 생각해 보지 않는 양들은 어리석어요. 게다가 친구들을 죽이는데도 자기 일이 아니라고 태평하게 지냈으니 어리석기 짝이 없어요. 양들은 지혜가 없어서 모두 죽은 거예요.

이야기 속에서 찾아보는 **속담**과 **사자성어**

속담 끝을 생각하고 행동하라.

양들은 친구들이 죽는데도 자기 일이 아니라고 방심하고 있어요. 백정 때문에 자기들의 신세가 어떻게 될지 끝을 생각하지 않고 있어요.

사자성어 수수방관(袖手傍觀)

袖	手	傍	觀
소매 수	손 수	곁 방	볼 관

팔짱을 끼고 보고만 있다는 뜻으로, 간섭하거나 거들지 아니하고 그대로 버려둠을 이르는 말이에요. 친구들이 죽는 것을 내버려 두었으니 염소들은 수수방관한 거예요.

새끼 염소와 피리 부는 늑대

길을 헤매던 새끼 염소가 늑대와 마주치게 되었다. 하지만 새끼 염소는 마음을 가다듬고 이렇게 말했다.

"내가 당신에게 희생되리라는 것을 나는 알고 있지요. 그러니 마지막으로 나를 위해 피리를 불어 주세요. 그러면 나는 춤을 출게요."

늑대는 새끼 염소의 마지막 소원이니 들어 주기로 했다. 그래서 늑대는 피리를 불고 새끼 염소는 춤을 추었다. 그 사이 사냥개들이 피리 소리를 듣고 무슨 일이 벌어지고 있는지 보려고 그쪽으로 달려왔다. 사냥개들은 늑대를 보자 바로 쫓아냈다. 늑대는 쏜살같이 도망을 쳤다.

새끼 염소는 어려운 처지에서 당황하지 않고 지혜롭게 행동하여 목숨을 구했어요. 늑대에게 피리를 불게 하여 시간을 끌 때 얼마나 마음이 초조했을까요. 아마 잘 될 것이라고 생각하며 마음을 가다듬었을 거예요. 지혜로운 사람은 이렇게 차분하게 행동하고 긍정적으로 생각해요.

이야기 속에서 찾아보는 **속담**과 **사자성어**

속담 동물의 왕인 사자라도 토끼의 지혜에 정복당할 수 있다.

힘보다 지혜가 더 세다는 뜻이에요. 늑대는 새끼 염소의 지혜에 정복당했어요.

사자성어 임기응변(臨機應變)

臨	機	應	變
임할 림	틀 기	응할 응	변할 변

그때그때의 형편에 따라 알맞게 일을 처리하는 것을 비유하는 말이에요. 새끼 염소의
재빠른 임기응변에 놀라지 않을 수 없어요.

새장수의 눈물

새들이 나무 그늘에 앉아 여유로운 한때를 보내고 있었다. 그런데 새
장수가 와서 손가락으로 자신의 눈을 찔러 눈물을 흘리는 것이었다.

이것을 보고 순진한 새들이 이렇게 말했다.

"저기 있는 사람 좀 봐. 마음이 참 여린가 봐. 우리가 부르는 노랫소
리를 듣고 저렇게 눈물을 흘리니 말이야."

하지만 경험이 많아 지혜로워진 새가 말했다.

"이런, 순진한 친구들 같으니라고. 너희들 조심해야 할 거야. 저 남자
가 하는 행동을 유심히 봐. 다른 새들을 잡아서 자루에 넣고 있잖아.
속임수에 넘어가지 말고 빨리 도망쳐. 빨리!"

지혜로운 새가 속임수를 쓰는 새장수를 바로 알아볼 수 있어서 친구 새들이 목숨을 구했어요. 세상에서 제일 무서운 사람은 상대방을 잘 아는 사람이에요. 그런데 지혜로운 새는 새 장수의 속임수를 어떻게 알아챘을까요? 경험 덕분이었다고 해요. 여러 번 경험하고 나면 저절로 지혜를 얻게 돼요. 지혜를 얻으려면 주변 이웃과 늘 소통하며 지내야 해요.

이야기 속에서 찾아보는 **속담**과 사자성어

속담 개울의 바닥이 보이지 않는다면 그 개울을 걸어서 건너지 말아야 한다.

새 장수는 자신의 마음을 감추고 있어요. 상대방의 진실이 보이지 않을 때 섣불리 행동하면 큰 화를 입을 수 있어요.

사자성어 집사광익(集思廣益)

集	思	廣	益
모을 집	생각 사	넓을 광	더할 익

여러 사람의 지혜를 모아 더 큰 이익을 얻는다는 뜻이에요.

제 발로 찾아온 사슴

사냥꾼의 추적을 피해 달아나던 사슴이 마을로 숨어들게 되었다. 어쩌다 보니 사슴은 어느 외양간으로 들어가게 되었다. 사슴은 외양간에 있던 황소에게 숨겨 달라고 간청했다. 그러자 황소가 말했다.

"이런, 왜 사람들이 득실득실한 이런 위험한 곳으로 왔어? 네 마음대로 다닐 수 있는 산이 훨씬 낫지."

그래도 사슴은 날이 어두워졌으니 제발 숨겨 달라고 부탁을 했다. 황소는 할 수 없이 외양간 구석에 사슴을 숨겨 주기로 했다.

"정말 고마워. 그런데 이 먹이 좀 먹어도 돼? 배가 고파 쓰러질 지경이야."

사슴은 황소에게 또 사정을 했다.

"그래, 먹어. 하지만 조심해야 돼. 이 집 주인에게 들키면 너는 죽은 목숨이야."

사슴이 배를 채우고 외양간 구석으로 들어가 숨었을 때 주인이 외양간 안으로 들어왔다.

주인은 여물통이 비어 있는 것을 보고 고개를 갸우뚱하더니 꼼꼼하게 외양간 안을 살펴보기 시작했다. 주인은 결국 구석에 숨어 있는 사슴의 뿔을 찾아냈다.

"사슴 한 마리가 마을로 들어왔다고들 하더니만 우리 집에 숨어 있었군. 아무리 쫓아다녀도 잡지 못했는데 복이 제 발로 걸어 들어왔어."

주인은 그렇게 말하며 좋아서 어쩔 줄을 몰라 했다.

사슴이 외양간으로 숨어든 건 잘못된 선택이에요. 아무리 어두워졌어도 황소의 말대로 산으로 도망쳐야 했어요. 잘못된 선택은 이렇게 끔찍한 결과를 가져와요. 지혜로운 선택을 하려면 어떻게 해야 할까요? 아무리 급한 상황이라도 차분하게 생각해야 해요. 조급하게 행동하면 일을 그르치게 돼요.

이야기 속에서 찾아보는 **속담** 과 **사자성어**

속담 승냥이★ 에게 어린 양을 보아달라고 맡긴다.

손해를 볼 것을 뻔히 알면서도 어리석게 행동하는 것을 이르는 말이에요.

사자성어 막지동서 (莫知東西)

莫	知	東	西
말 막	알 지	동녘 동	서녘 서

東西(동서)를 분간하지 못한다는 뜻으로 곧 사리를 모르고 어리석게 행동하는 것을 말해요. 외양간에 숨으면 사람에게 들킬 게 뻔해요. 사슴은 사리를 분별 못해 붙잡힌 거예요.

★ 승냥이 : 산에서 많게는 30마리까지 무리를 지어 생활하며 초식 동물을 잡아먹는데, 때로는 가축을 해치기도 한다.

다음 문제를 풀어 보면서
속담과 사자성어를 재미있게 공부해요.

1. 다음을 뜻하는 사자성어를 써 보아요.

1) 남에게 존경을 받고자 하면 먼저 겸손해야 한다.

				欲尊先謙
하고자할 욕	높을 존	먼저 선	겸손할 겸	욕존선겸

2) 하루에 세 번씩 자신의 행동을 반성한다.

				一日三省
한 일	날 일	석 삼	살필 성	일일삼성

3) 원인과 결과는 서로 물고 물린다는 뜻으로, 좋은 일에는 좋은 결과가, 나쁜 일에
는 나쁜 결과가 따른다.

				因果應報
인할 인	열매 과	응할 응	갚을 보	인과응보

4) 열 사람이 밥을 한 술씩만 보태어도 한 사람이 먹을 밥이 된다는 뜻.

				十匙一飯
열 십	숟가락 시	한 일	밥 반	십시일반

2. 다음의 이야기를 배경으로 하는 사자성어를 말해 보아요.

1) 풀을 묶어 은혜를 갚는다는 뜻의 사자성어로, 죽어서도 잊지 않고 은혜를 갚는 것을 말해요.

춘추시대에 위무자라는 사람에게 첩이 있었다. 어느 날 병석에 눕게 된 위무자는 아들 위과를 불러 자신이 죽으면 자신의 애첩을 자신과 함께 묻으라고 했다. 하지만 위과는 첩을 다른 곳에 시집보내어 살려 주었다. 얼마 후 이웃 진(秦)나라가 쳐들어 왔다. 위과가 적장 두회의 뒤를 쫓아가는데 무덤 위의 풀에 두회의 발목이 걸려 넘어졌다. 그날 밤 한 노인이 위과의 꿈속에 나타나 이렇게 말했다. "나는 네가 시집보낸 아이의 아버지다. 오늘 풀을 묶어 너의 은혜에 보답한 것이다."

2) 우공이라는 사람이 산을 옮기듯이 어려움을 두려워하지 않고 굳센 의지를 가지고 노력한다면 결국 성공할 수 있다는 말이에요.

북산에 우공이라는 아흔 살 된 노인이 살고 있었다. 그런데 노인의 집 앞에는 큰 산이 가로막고 있어 무척 불편했다. 노인은 아들과 손자와 함께 지게에 흙을 져서 바다에 버리고 돌아왔다. 이웃 사람들이 "이제 멀지 않아 죽을 당신인데 어찌 그런 무모한 짓을 합니까?" 하고 비웃자, "내가 죽으면 내 아들, 그가 죽으면 손자가 계속 할 것이오. 그동안 산은 깎여 나가겠지만 더 높아지지는 않을 테니 언젠가는 길이 날 것이오."라며 계속해서 일을 했다. 1년이 지나서도 계속하자 두 산을 지키던 산신이 큰일 났다고 여겨 하느님에게 달려가 산을 구해 달라며 호소했다. 하나님은 두 산을 각각 동쪽과 남쪽으로 멀리 옮겼다고 한다.

3) 도끼를 갈아 바늘을 만든다는 뜻으로 끈기 있게 노력하면 무엇이든 이룰 수 있음을 말해요.

 당나라 시인 이백이 공부하러 산에 들어갔지만 금방 싫증을 느끼고 말았다. 어느 날 이백은 바위에 도끼를 갈고 있는 노파를 보았다. 이상하게 생각한 이백이 물었다. "할머니, 지금 무엇을 하시는 것입니까?" "바늘을 만들려고 한다." 그 말을 듣고 이백은 어이가 없어 큰 소리로 웃으며 다시 물었다. "도끼로 바늘을 만든단 말씀입니까?" 그러자 노파는 가만히 이백을 쳐다보며 말했다. "얘야, 비웃을 일이 아니다. 중도에 그만두지만 않는다면 언젠가는 이 도끼로 바늘을 만들 수가 있단다."
 이 말을 들은 이백은 크게 깨달은 바 있어 그 후로는 한눈팔지 않고 글공부를 열심히 하였다고 한다. 그는 열심히 노력해서 대시인으로 불리게 되었다.

3. 다음의 이솝 우화를 읽고 허풍을 떠는 당나귀를 사자성어로 표현해 보아요.

산길을 가고 있던 당나귀가 사자와 마주치자 이렇게 허풍을 떨었다.

"나랑 같이 산 정상으로 올라가면, 다른 동물들이 얼마나 나를 무서워하는지 보여드리죠."

사자는 그렇게 말하는 당나귀를 보니 어이가 없었다. 사자는 그래도 당나귀 어떻게 할지 궁금해서 산 위로 따라 올라가 보았다.

당나귀는 산 정상에 이르자 갑자기 큰 소리로 울부짖기 시작했다. 그러자 숲에 있던 산토끼나 다람쥐, 그리고 새 같은 짐승들이 깜짝 놀라 도망치기 시작했다.

기분이 으쓱해진 당나귀를 보며 사자가 비아냥거리며 말했다.

"당나귀야, 너의 목소리만 들으면 무서울지 모르겠다만, 나는 네가 당나귀라는 걸 알기 때문에 하나도 안 무섭구나."

4. 다음의 까마귀는 욕심이 끝이 없어서 어려움을 당했어요. 이야기에 맞는 속담을
찾아보아요.

자신이 못생겼다고 불평하던 까마귀가 있었다. 까마귀는 어느 날 우연히 공작새의 깃털
을 주웠다.
"와! 대박!" 까마귀는 그것으로 자기를 공작새처럼 치장했다. 그러고는 자기 동족들을 무
시하고 공작새들과 어울리며 한껏 뽐내고 다녔다.
그런데 공작새들이 까마귀가 자기들의 동족이 아니라는 것을 알게 되었다. 공작새들은
화가 나 까마귀의 몸에 치장되어 있던 자신들의 깃털을 모두 뽑아내고 혼쭐을 내어 쫓아
버렸다.
까마귀는 온몸에 상처를 입고는 자기 동족들을 찾아갔다. 하지만 아무도 반겨 주지 않
았다. 그때 한 까마귀가 이렇게 말했다.
"네가 까마귀라는 사실을 부끄러워하지 않았다면 오늘 같은 일은 당하지 않았을 거야.
그리고 우리에게도 버림받지 않았을 거야."

① 바다는 메워도 사람의 욕심은 못 채운다.
② 말 한마디에 천 냥 빚을 갚는다.
③ 궁지에 몰린 쥐가 고양이를 문다.
④ 똥 묻은 돼지가 겨 묻은 돼지를 나무란다.

5. 다음의 이야기는 의리를 지키지 못한 박쥐의 이야기예요. 박쥐처럼 자기에게 조금이라도 이익이 되면 지조 없이 이편에 붙었다 저편에 붙었다 함을 이르는 말은 무엇일까요?

　새들과 동물들 사이에 아주 치열한 싸움이 벌어졌다. 양쪽 다 막상막하라서 누가 이길지 알 수가 없었다. 박쥐는 이 싸움에서 피해를 입고 싶지 않아 가만히 지켜보다가 수도 많고 몸집도 큰 동물들 편으로 가기로 했다. 박쥐는 날개를 접고 동물들 편으로 가서 그들 편인 척했다.

　하지만 갑자기 독수리가 새들의 편에 합세하면서 상황이 달라졌다. 이번에는 새들이 이길 기세였다. 박쥐는 얼른 날개를 펴고 새들 편으로 가서 함께 동물들을 공격하기 시작했다. 박쥐가 예상한 대로 결국 새들이 이겼다.

　그런데 많은 새들이 박쥐가 날개를 접고 동물들의 편으로 갔던 것을 보았다. 결국 박쥐는 새들에게 재판을 받았고 쫓겨나서 빛이 없는 어두운 동굴 속에서 평생을 살아야 했다.

　① 동쪽, 서쪽에 가 봐도 내 집이 최고.
　② 궁지에 몰린 쥐가 고양이를 문다.
　③ 입은 삐뚤어져도 말은 바로 하라.
　④ 간에 붙었다 쓸개에 붙었다 한다.

6. 다음은 자기의 가진 것을 모르고 남을 부러워하는 공작새에게 헤라신이 한 말이에요. 다음의 속담과 사자성어를 넣어 공작새에게 충고하는 말을 써 보세요.

남의 떡이 커 보인다.

소탐대실(小貪大失 – 小: 작을 소, 貪: 욕심낼 탐, 大: 클 대, 失: 잃을 실)

적은 것을 탐하다가 큰 것을 잃는다.

"신은 공평하단다. 신의 뜻에 따라 모두에게 한 가지씩 재주가 분배되었지. 너는 아름다운 깃털이 있고, 독수리에는 힘이 있고 나이팅게일에게는 아름다운 목소리가 있지. 학은 울음소리로 그날의 날씨를 알게 해 주고. 수탉은 새벽시간을 알게 해 준단다. 이렇듯 재주를 나눠가진 거야. 그러니 너 혼자 욕심 부리지 말고 신이 너에게 주신 것으로 감사하며 살아라."

7. 다음 사자성어를 이용하여 이야기 속의 파리에게 충고하는 말을 해 보세요.

경거망동(輕擧妄動) 가볍고 망령되게 행동하는 모습.

자업자득(自業自得) 자기가 저지른 일은 스스로가 책임을 져야 한다.

파리가 대머리 위에서 뱅뱅 돌면서 대머리 아저씨를 못살게 굴었다. 대머리 아저씨는 파리를 잡으려고 여러 번 손바닥으로 내리쳤지만 매번 실패했다.

파리는 대머리 아저씨가 약이 오르니 더 신바람이 나 더 자주 대머리 위에서 뱅뱅 돌았다. 그러자 대머리 아저씨가 파리에게 따끔하게 말했다.

"너는 가만히 있는 나를 건드려서 죽음을 벌고 있어. 그러다가 잡히면 바로 죽는다는 걸 모르니?"

8. 속담의 뜻을 바르게 연결해 보아요.

① 뱁새가 황새의 걸음걸이를 따라   ㉠ 한 가지를 꾸준히 해야 이룰
가려면 가랑이가 찢어진다.   •   •   수 있다.

② 한 우물을 파라.   •   • ㉡ 자기 분수대로 살아야 한다.

③ 남의 집 금송아지가   • ㉢ 제 것일 때 실속이 있다.
우리 집송아지만 못하다.   •

④ 행담 짜는 놈은 죽을 때도   • ㉣ 자기의 본색은 감추기가 어렵다.
버들잎을 물고 죽는다.   •

9. 사자성어의 뜻을 바르게 연결해 보아요.

① 어불성설(語不成說) •   • ㉠ 원인과 결과는 서로 물고 물린다.

② 인과응보(因果應報) •   • ㉡ 하는 말이 조금도 사리에 맞지 아
니하다.

③ 자승자강(自勝者强) •   • ㉢ 자신을 이기는 사람이 강하다.

④ 불문곡직(不問曲直) •   • ㉣ 일의 옳고 그름을 묻지 않고 행동
한다.

⑤ 수수방관(袖手傍觀) •   • ㉤ 그때그때의 형편에 따라 알맞게 일
을 처리하다.

⑥ 임기응변(臨機應) •   • ㉥ 팔짱을 끼고 보고만 있다.

10. 다음 말하는 상황에 알맞은 속담을 찾아보아요.

① 참 못생겼네.
말 좀 제대로 해.

㉠ 발이 넓다.

② 넌 참 아는 사람이 많구나.

㉡ 말 한마디에 천 냥 빚을 갚는다.

③ 한가지 일을 꾸준히 하렴.

㉢ 한 우물을 파라.

④ 너, 여름 방학 때 이사 간다며?
어떻게 알았어?

㉣ 발 없는 말이 천 리 간다.

11. 다음 뜻의 사자성어로 퍼즐을 맞춰 보아요.

1		9								
2, 10						4, 11				
				5						
3			6							
		12								
	13									
	7									
	8									

가로 열쇠

1. 자기가 그린 그림을 스스로 칭찬한다는 뜻으로, 자기가 한 일을 자기 스스로 자랑함을 이르는 말.
2. 자기가 저지른 일의 결과에 대해서는 누구도 아닌 스스로가 책임을 져야 한다.
3. 물려받은 재산 없이 스스로 재산을 모아 일가를 이룸.
4. 호랑이가 높은 산에 돌아온다.
5. 속박됨이 없이 자기가 하고 싶은 대로 마음 편히 지냄.
6. 까마귀가 다 자란 뒤에 늙은 어미 새에게 먹을 것을 물어다 준다.
7. 하는 말이 조금도 사리에 맞지 아니하다.
8. 우물 안 개구리

세로 열쇠

9. 자신을 이기는 사람이 강하다.
10. 스스로 잘난 체하며 우쭐대는 모양.
11. 왕성하게 뻗친 기운.
12. 실력은 없으면서 허세를 부리며 허풍을 떠는 모양.
13. 사악한 것이 바른 것을 범하지 못한다.

1. 가는 날이 장날.
어떤 일을 하려고 하는데 뜻하지 않은 일을 공교롭게 당함을 비유적으로
이르는 말.

2. 가는 말에 채찍질.
부지런하고 성실한 사람에게 더 잘 하라고 격려함.

3. 가는 말이 고와야 오는 말이 곱다.
자기가 먼저 남에게 잘 대해 주어야 남도 자기에게 잘 대해 준다.

4. 가물에 콩 나듯 한다.
수가 너무 적다.

5. 간에 기별도 안 간다.
먹은 것이 너무 적어 먹으나 마나 하다.

6. 간에 붙었다 쓸개에 붙었다 한다.
지조 없이 아무에게나 형편에 따라 아부한다.

7. 갓 쓰고 자전거 타는 격.
상황에 전혀 어울리지 않거나 차림새가 다른 경우의 뜻.

8. 강 건너 불구경한다.
남의 일인 듯 무관심한 태도.

9. 강물도 쓰면 준다.

아무리 많아도 쓰면 줄어든다.

10. 개도 닷새가 되면 주인을 안다.

남의 은덕은 모르는 배은망덕한 사람을 꾸짖는 말.

11. 거미도 줄을 쳐야 벌레를 잡는다.

모든 일은 준비가 있어야 결실을 얻을 수 있다.

12. 걷기도 전에 뛰려고 한다.

쉽고 작은 일도 못하면서 더 어렵고 큰일을 하려 한다.

13. 계란으로 바위치기.

보잘것없는 힘으로 대들어 보아야 별수가 없음.

14. 구슬이 서 말이라도 꿰어야 보배.

아무리 좋은 솜씨와 훌륭한 일이라도 끝을 마쳐야 쓸모가 있다.

15. 굶어 보아야 세상을 안다.

실제로 배고파 고생을 해 본 사람이 세상살이가 얼마나 어려운지를 안다.

16. 그물에 든 고기.

이미 잡혀 옴짝달싹 못하고 죽을 지경에 빠졌음.

17. 기르던 개에게 다리 물린다.

도와주고 은혜를 베푼 사람에게 도리어 피해를 입다.

18. 나무에 오르라 하고 흔드는 격.

남을 위험하게 하고 궁지에 몰아 넣는다.

19. 날면 기는 것이 능하지 못하다.
훌륭한 재주가 있는 사람이라도 모든 일을 다 잘 할 수는 없다.

20. 남아 일언 중천금.
사내의 말 한마디는 천금같이 무겁다.

21. 남의 말 하기는 식은 죽 먹기.
남의 결점 드러내기는 자기의 허물을 말하기보다 쉽다는 말.

22. 남의 밥에 든 콩이 굵어 보인다.
'남의 떡이 커 보인다'와 같은 뜻의 속담.

23. 남의 잔치에 감 놔라 배 놔라 한다.
쓸데없이 남의 일에 간섭한다.

24. 낮 말은 새가 듣고 밤 말은 쥐가 듣는다.
아무도 안 듣는다 해도 말은 조심하여야 한다.

25. 내 배가 부르니 종의 배고픔을 모른다.
좋은 처지에 있는 사람은 남의 딱한 사정을 모른다.

26. 내일은 해가 서쪽에서 뜨겠네.
기대하지 않았던 일이 벌어지고 있다.

27. 누울 자리 봐 가며 발 뻗어라.
다가올 결과를 생각하며 미리 살피고 일을 처리하라.

28. 느린 소도 성낼 적이 있다.
순한 사람도 화가 나면 무섭다.

29. 다 된 밥에 재 뿌리기.
갑자기 망쳐 실패가 되었을 때 쓰는 말.

30. 닭에게는 보석이 보리알 만 못하다.
수준에 맞게 해 주는 게 좋다는 뜻.

31. 닭 쫓던 개 지붕 쳐다본다.
하려고 애쓰던 일이 실패로 돌아갔을 때 이르는 말.

32. 도둑놈 문 열어 준 셈.
나쁜 사람에게 나쁜 일을 할 기회를 만들어 주고 자신이 도리어 손해를
입었다는 말.

33. 도둑에게 열쇠 주는 격.
믿을 수 없는 사람을 신용한다는 뜻.

34. 도둑을 맞으려면 개도 안 짖는다.
운수가 나쁘면 모든 것이 제대로 되지 않음을 비유적으로 이르는 말.

35. 도둑이 없으면 법도 쓸데없다.
도둑질이 가장 나쁘다는 말. 즉, 법은 도둑 때문에 생겼다는 뜻.

36. 도둑이 제 발 저리다.
죄를 지은 자가 그것이 드러날까 걱정이 되어 자기도 알지 못하는 사이에
그 사실을 나타내게 된다는 뜻.

37. 돌다리도 두드려 보고 건너라.
어떤 행동을 취하기 전에 상황을 살피라는 뜻.

38. 등잔 밑이 어둡다.

가까운 곳에서 생긴 일을 먼 곳에서 벌어진 일보다 잘 모른다는 뜻.

39. 떡 줄 사람은 생각도 않는데 김칫국부터 마신다.

일이 다 된 것처럼 여기고 미리부터 기대한다는 뜻.

40. 똥 묻은 개가 겨 묻은 개 나무란다.

자신의 처지도 모르고 남을 핀잔하는 것을 두고 하는 말.

41. 말로 온 동네를 다 겪는다.

말로만 남을 대접하는 체한다는 말.

42. 말 안 하면 귀신도 모른다.

말을 함으로써 이로운 점이 있다는 뜻.

43. 말이 고마우면 비지 사러 갔다 두부 사 온다.

사소한 것 같은 일도 고운 말을 쓰면 좋은 결과를 얻는다.

44. 망건 쓰다 장 파한다.

장에 가려고 망건을 쓰는데 벌써 장이 끝남. 준비가 너무 길어 그만 때를 놓쳤다는 뜻.

45. 맞은 놈은 펴고 자고 때린 놈은 오그리고 잔다.

남을 괴롭힌 사람은 불안하나 오히려 해를 입은 사람은 마음이 편하다.

46. 모기 보고 칼 뺀다.

사소한 일에 화를 내는 소견이 좁은 사람을 빗대어 하는 말.

47. 모난 돌이 정 맞는다.

말과 행동에 모가 나면 미움을 받는다.

48. 모르면 약 아는 게 병.

모르고 있으면 마음이 편한데, 알고 있으면 도리어 걱정거리가 생겨 편치 않음.

49. 목구멍이 포도청.

먹고살기 위하여 해서는 안 될 짓을 함.

50. 물에 빠진 놈 건져 놓으니 보따리 내놓으라 한다.

남에게 은혜를 입고서도 그 고마움을 모르고 생트집을 함.

51. 믿는 도끼에 발등 찍힌다.

믿고 있던 사람이 배반하여 오히려 그에게 해를 입음.

52. 바늘 도둑이 소 도둑 된다.

작은 도둑이라도 진작 그것을 고치지 않으면 장차 큰 도둑이 된다.

53. 바다는 메워도 사람의 욕심은 못 채운다.

사람의 욕심은 끝이 없다.

54. 발 없는 말이 천 리 간다.

소문은 빨리 전달되므로 말조심하라는 뜻.

55. 배부른 흥정.

안 돼도 크게 아쉬울 것이 없는 흥정.

56. 사공이 많으면 배가 산으로 간다.

자기 주장만 내세우면 일이 제대로 되기 어려움을 비유적으로 이르는 말.

57. 사람 나고 돈 났지 돈 나고 사람 났나.
아무리 돈이 귀중해도 사람보다 귀중할 수는 없다.

58. 새끼 많이 둔 소 안장 벗을 날 없다.
자녀를 많이 둔 부모는 쉴 사이가 없다는 말.

59. 새벽달 보자고 초저녁부터 기다린다.
일을 너무 일찍 서두른다는 뜻.

60. 서당 개 삼 년이면 풍월을 읊는다.
무식한 사람이라도 유식한 사람과 오랫동안 같이 있으면 자연히 견문이
생긴다는 말.

61. 설마가 사람 잡는다.
믿고 있는 일에 큰 낭패를 보게 된다는 뜻.

62. 소도 언덕이 있어야 비빈다.
의지할 데가 있어야 무슨 일을 할 수 있다는 말.

63. 소 잃고 외양간 고친다.
준비를 소홀히 하다가 실패한 후에야 후회를 하고 뒤늦게 수습을 한다는 말.

64. 손톱 밑에 가시 드는 줄은 알아도 염통 안이 곪는 것은 모른다.
눈앞에 보이는 작은 일에는 영리한 듯하나 당장 나타나지 않는 큰 손해는
깨닫지 못함.

65. 수염이 열 자라도 먹어야 양반.
아무리 훌륭하고 점잖은 사람도 먹지 않고는 살 수 없다.

66. 숭어가 뛰니까 망둥이도 뛴다.

자신의 처지는 생각하지 않고 저보다 나은 사람을 모방한다는 뜻.

67. 숯이 검정 나무란다.

자기 흠이 더 큰 사람이 도리어 흠이 적은 사람을 흉본다는 뜻.

68. 신선놀음에 도끼 자루 썩는 줄 모른다.

부질없는 일에 탐닉해서 해야 할 일을 하지 않음.

69. 쏟아 놓은 쌀은 주워 담을 수 있어도 쏟아 놓은 말은 주워 담을 수 없다.

사람이 한번 입으로 말한 것은 책임이 뒤따른다.

70. 아는 길도 물어 가라.

제아무리 잘 아는 일이라도 실패가 없도록 단단히 해야 한다는 뜻.

71. 아흔아홉 가진 사람이 하나 가진 사람보고 백 개 채워 달라 한다.

재산을 많이 가지면 가질수록 재산에 대한 욕심이 크게 생김을 비유적으로

이르는 말.

72. 앞에서 꼬리 치는 개가 뒤에서 발꿈치 문다.

비위를 맞추기에 급급한 사람일수록 보이지 않는 데서는 모해함을 비유적으로
이르는 말.

73. 얌전한 고양이가 부뚜막에 먼저 올라간다.

겉보기에는 조신해 보여도 그 속은 오히려 엉큼한 경우를 일컫는 말.

74. 양지가 음지 되고 음지가 양지 된다.

운이 나쁜 사람도 좋은 수를 만날 수 있고 운이 좋은 사람도 늘 좋기만 하지 않다.

75. 열 번 찍어 안 넘어가는 나무 없다.
꾸준히 지속적으로 노력하면 얻을 수 있다.

76. 오르지 못할 나무는 쳐다보지도 말아라.
자기의 능력 밖의 불가능한 일에 대해서는 처음부터 욕심을 내지 마라.

77. 옷이 날개다.
꾸미는 것에 따라 사람이 달라 보일 수 있다.

78. 웃는 낯에 침 뱉으랴.
웃는 낯으로 대하는 사람에게는 침을 뱉을 수 없다.

79. 원수는 외나무다리에서 만난다.
남에게 악한 일을 하면 그 죄를 받을 때가 반드시 온다는 말.

80. 자라 보고 놀란 가슴 솥뚜껑 보고 놀란다.
어떤 사물에 몹시 놀란 사람은 비슷한 사물만 보아도 겁을 냄.

81. 저 먹자니 싫고 남 주자니 아깝다.
몹시 인색하고 욕심이 많음을 이르는 말.

82. 제 눈에 안경이다.
제 마음에 들면 좋게 보인다는 말.

83. 종로에서 뺨 맞고 한강에 가서 눈 흘긴다.
욕을 당한 그 자리에서는 아무 말도 못하고 화풀이를 딴 곳에 가서 함.

84. 죄 지은 놈 옆에 있다가 벼락 맞는다.
나쁜 일을 한 사람과 함께 있다가 누명을 쓰게 된다는 뜻.

85. 죽어 석 잔 술이 살아 한 잔 술만 못하다.
죽은 뒤에 아무리 정성을 들여도 소용없다.

86. 쥐구멍에도 볕 들 날 있다.
몹시 고생을 해도 운수가 터질 날이 있다.

87. 지렁이도 밟으면 꿈틀한다.
미천하거나 약한 사람일지라도 업신여기면 성을 낸다는 뜻.

88. 집에서 새는 바가지 나가도 샌다.
본성이 좋지 않은 사람은 어디 가든지 똑같다는 말.

89. 참새가 방앗간을 그냥 지나랴.
자기가 좋아하는 곳은 그대로 지나치지 못함.

90. 천 리 길도 첫 걸음으로 시작된다.
아무리 큰일이라도 처음에는 작은 일부터 시작된다.

91. 칼로 물 베기.
다투다가도 좀 시간이 흐르면 모두 풀린다는 뜻.

92. 콩 심은 데 콩 나고, 팥 심은 데 팥 난다.
원인에 따라 결과가 생긴다.

93. 티끌 모아 태산.
작은 거라도 모이면 큰 것이 된다.

94. 핑계 없는 무덤 없다.
무엇을 잘못해 놓고 책임을 회피하려는 사람을 두고 하는 말.

95. 하늘의 별 따기.
지극히 어려운 일을 두고 하는 말.

96. 하늘이 무너져도 솟아날 구멍이 있다.
아무리 큰 재난에 부딪히더라도 그것에서 벗어날 길이 있다.

97. 하룻강아지 범 무서운 줄 모른다.
철이 없어서 아무 것도 모르는 것을 두고 하는 말.

98. 한 귀로 듣고 한 귀로 흘린다.
남이 애써 일러 주는 말을 유념해서 듣지 않고 건성으로 듣는 것을 이름.

99. 한 술 밥에 배부르랴.
무슨 일이고 처음에는 큰 성과를 기대할 수 없다.

100. 함흥차사라.
어떤 일로 심부름 간 사람이 한 번 떠난 뒤로 돌아오지 않거나 아무 소식이 없다는 뜻.

101. 호랑이도 제 말 하면 온다.
마침 이야기하고 있는데 그 장본인이 나타났을 때 하는 말.

부록 3 교과서와 함께 공부하는 사자성어 101

1. 간난신고(艱 : 어려울 간, 難 : 어려울 난, 辛 : 매울 신, 苦 : 쓸 고)
갖은 고초를 겪어 몹시 힘들고 괴로움.

2. 간담상조(肝 : 간 간, 膽 : 쓸개 담, 相 : 서로 상, 照 : 비출 조)
서로 마음을 터놓고 진실하게 사귐.

3. 간어제초(間 : 사이 간, 於 : 어조사 어, 齊 : 가지런할 제, 楚 : 모형 초)
약자가 강자들의 틈에 끼여서 괴로움을 받음.

4. 감탄고토(甘 : 달 감, 呑 : 삼킬 탄, 苦 : 쓸 고, 吐 : 토할 토)
사리에 옳고 그름을 돌보지 않고, 자기 비위에 맞으면 좋아하고 맞지 않으면
싫어함.

5. 거자일소(去 : 갈 거, 者 : 놈 자, 日 : 해 일, 疎 : 트일 소)
죽은 사람에 대해서는 날이 갈수록 점점 잊어버리게 됨.

6. 견인불발(堅 : 굳을 견, 忍 : 참을 인, 不 : 아닐 불, 拔 : 뺄 발)
굳게 참고 견디어 마음이 흔들리지 아니함.

7. 겸인지용(兼 : 겸할 겸, 人 : 사람 인, 之 : 갈지, 勇 : 날쌜 용)
혼자서 몇 사람을 상대할 만한 용기.

8. 경국지색(傾 : 기울 경, 國 : 나라 국, 之 : 갈지, 色 : 빛 색)
나라 안에 으뜸가는 미인.

9. 경당문노(耕 : 밭갈 경, 當 : 당할 당, 問 : 물을 문, 奴 : 종 노)
농사일은 머슴에게 물어야 한다. 즉 모든 일은 그 방면의 전문가에게 물음이 옳다.

10. 경산조수(耕 : 밭갈 경, 山 : 뫼 산, 釣 : 낚시 조, 水 : 물 수)
산에 가 밭을 갈고 물에 가 낚시질을 함. 즉, 속세를 떠나 자연을 벗 삼으며 한가로이 생활함.

11. 곡학아세(曲 : 굽을 곡, 學 : 배울 학, 阿 : 언덕 아, 世 : 대 세)
왜곡된 학문을 하여 세속의 인기를 끌고자 함.

12. 과유불급(過 : 지날 과, 猶 : 오히려 유, 不 : 아닐 불, 及 : 미칠 급)
정도를 지나친 것은 도리어 미치지 못함.

13. 관포지교(管 : 피리 관, 鮑 : 절인 어물 포, 之 : 갈지, 交 : 사귈 교)
아주 친한 친구 사이의 사귐.

14. 괄목상대(刮 : 깎을 괄, 目 : 눈 목, 相 : 서로 상, 對 : 대답할 대)
눈을 비비고 상대방을 봄. 남의 학식이나 재주가 놀랄 만큼 갑자기 향상됨을 일컫는 말.

15. 교각살우(矯 : 바로잡을 교, 角 : 뿔 각, 殺 : 죽일 살, 牛 : 소 우)
뿔을 고치려다 소를 죽임. 즉 작은 일에 힘쓰다가 큰일을 망침.

16. 교언영색(巧 : 공교할 교, 言 : 말씀 언, 令 : 영 령, 色 : 빛 색)
교묘하게 꾸며대는 말과 아첨하는 얼굴 빛.

17. 구밀복검(口 : 입 구, 蜜 : 꿀 밀, 腹 : 배 복, 劍 : 칼 검)
입 속에는 꿀을 담고 뱃속에는 칼을 지님.

18. 구우일모(九 : 아홉 구, 牛 : 소 우, 一 : 한 일, 毛 : 털 모)
썩 많은 가운데 극히 적은 것.

19. 군계일학(群 : 무리 군, 鷄 : 닭 계, 一 : 한 일, 鶴 : 학 학)
변변치 못한 여럿 중에서 홀로 뛰어난 사람.

20. 권모술수(權 : 저울추 권, 謀 : 꾀할 모, 術 : 꾀 술, 數 : 셀 수)
목적 달성을 위해서는 수단과 방법을 가리지 않고 때와 형편에 따라 둘러맞추는
모략이나 술책.

21. 남귤북지(南 : 남녘 남, 橘 : 귤나무 귤, 北 : 북녘 북, 枳 : 탱자나무 지)
강남의 귤을 강북에 옮겨 심으면 탱자나무로 변한 다는 뜻으로, 사람은 환경에 따
라 착하게도 되고 악하게도 된다는 뜻.

22. 낭중지추(囊 : 주머니 낭, 中 : 가운데 중, 之 : 갈 지, 錐 : 송곳 추)
주머니 속의 송곳. 송곳이 주머니 속에 들어 있어도 그 날카로운 끝을 드러냄.

23. 누란지세(累 : 묶을 누, 卵 : 알 란, 之 : 갈 지, 勢 : 기세 세)
알을 쌓아 놓은 것 같은 매우 위태로운 형세.

23. 단기지계(斷 : 끊을 단, 機 : 틀 기, 之 : 갈 지, 戒 : 경계할 계)
학문을 중도에서 그만두는 것은 마치 짜던 베의 날을 끊어 버리는 것과 같음.

24. 단사표음(簞 : 대광주리 단, 食 : 밥 식, 瓢 : 박 표, 飮 : 마실 음)
변변치 못한 음식.

25. 동상이몽(同 : 한가지 동, 床 : 상 상, 異 : 다를 이, 夢 : 꿈 몽)
같은 잠자리에서 꿈을 다르게 꿈.

26. 등고자비(登 : 오를 등, 高 : 높을 고, 自 : 스스로 자, 卑 : 낮을 비)
높은 곳에 오르려면 낮은 곳에서부터 시작해야 함.

27. 등하불명(燈 : 등잔 등, 下 : 아래 하, 不 : 아닐 불, 明 : 밝을 명)
등잔 밑이 어둡다.

28. 등화가친(燈 : 등잔 등, 火 : 불 화, 可 : 옳을 가, 親 : 친할 친)
등불을 가까이할 만하다는 뜻으로, 서늘한 가을밤은 등불을 가까이 하여 글 읽기
에 좋음을 이르는 말.

29. 마이동풍(馬 : 말 마, 耳 : 귀 이, 東 : 동녘 동, 風 : 바람 풍)
남의 말을 귀담아 듣지 않고 흘려 버림.

30. 만시지탄(晩 : 저물 만, 時 : 때 시, 之 : 갈 지, 歎 : 읊을 탄)
기회를 잃고 때가 지났음을 한탄함.

31. 만학천봉(萬 : 일만 만, 壑 : 골 학, 千 : 일천 천, 峰 : 봉우리 봉)
첩첩이 많은 골짜기와 산봉우리.

32. 망양지탄(望 : 바랄 망, 洋 : 바다 양, 之 : 갈 지, 嘆 : 탄식할 탄)
바다를 바라보고 탄식함. 어떤 일에 자기의 힘이 미치지 못할 때에 하는 탄식을
이르는 말.

33. 망운지정(望 : 바랄 망, 雲 : 구름 운, 之 : 갈 지, 情 : 뜻 정)
자식이 부모를 그리는 정.

34. 망자계치(亡 : 망할 망, 子 : 아들 자, 計 : 꾀 계, 齒 : 이 치)
죽은 자식 나이 세기. 이미 그릇된 일은 생각하여도 아무 소용이 없음을 이르는 말.

35. 맥수지탄(麥 : 보리 맥, 秀 : 빼어날 수, 之 : 갈지, 嘆 : 탄식할 탄)
나라가 망한 것을 한탄함.

36. 면종복배(面 : 낯 면, 從 : 좇을 종, 腹 : 배 복, 背 : 등 배)
앞에서는 순종하는 체하고 속으로는 딴 마음을 먹음.

37. 명경지수(明 : 밝을 명, 鏡 : 거울 경, 止 : 발지, 水 : 물 수)
거울과 같이 잔잔한 물.

38. 명심불망(銘 : 새길 명, 心 : 마음 심, 不 : 아닐 불, 忘 : 잊을 망)
마음에 새기어 잊지 않음.

39. 명약관화(明 : 밝을 명, 若 : 같을 약, 觀 : 볼 관, 火 : 불 화)
불을 보듯 분명하고 뻔함.

40. 명재경각(命 : 목숨 명, 在 : 있을 재, 頃 : 밭 넓이 단위 경, 刻 : 새길 각)
거의 죽게 되어 곧 숨이 끊어질 지경에 이름.

41. 목불인견(目 : 눈 목, 不 : 아닐 불, 忍 : 참을 인, 見 : 볼 견)
딱한 모양을 눈 뜨고 차마 볼 수 없음.

42. 문경지교(刎 : 목 벨 문, 頸 : 목 경, 之 : 갈지, 交 : 사귈 교)
목이 잘리는 한이 있어도 마음이 변하지 않고 사귀는 친한 사이.

43. 미생지신(尾 : 꼬리 미, 生 : 날 생, 之 : 갈지, 信 : 믿을 신)
융통성이 없이 약속만을 굳게 지킴.

44. 박이부정(博 : 넓을 박, 而 : 말 이을 이 不 : 아닌가 부, 精 : 쓿은 쌀 정)
널리 알지만 능숙하거나 정밀하지는 못함.

45. 반목질시(反 : 되돌릴 반, 目 : 눈 목, 嫉 : 시기할 질, 視 : 볼 시)
눈을 흘기면서 밉게 봄.

46. 발산개세(拔 : 뺄 발, 山 : 뫼 산, 蓋 : 덮을 개, 世;대 세)
힘은 산을 뽑고 기상은 세상을 덮음.

47. 백년하청(百 : 일백 백, 年 : 해 년, 河 : 강 이름 하, 淸 : 맑을 청)
중국의 황하(黃河)가 항상 흐려 맑을 때가 없음. 아무리 오랜 세월이 지나도
어떤 일이 이루어지기 어려움을 이르는 말.

48. 백절불굴(百 : 일백 백, 折 : 꺾을 절, 不 : 아닐 불 ,屈 : 굽을 굴)
여러 번 꺾여도 어떠한 난관에도 굽히지 않음.

49. 백중지간(伯 : 맏 백, 仲 : 버금 중, 之 : 갈지, 間 : 사이 간)
낫고 못함이 없는 사이. 우열을 가리기 힘든 형세.

50. 백척간두(百 : 일백 백, 尺 : 자 척, 竿 : 장대 간, 頭 : 머리 두)
매우 위태롭고 어려운 지경에 빠짐.

51. 백면서생(白 : 흰 백, 面 : 낯 면, 書 : 쓸 서, 生 : 날 생)
글만 읽고 세상일에 어두운 사람.

52. 부창부수(夫 : 지아비 부, 唱 : 노래 창, 婦 : 며느리 부, 隨 : 따를 수)
남편이 부르면 아내가 이에 따름. 부부 사이의 도리를 이르는 말.

53. 부화뇌동(附 : 붙을 부, 和 : 화할 화, 雷 : 우뢰 뇌, 同 : 한가지 동)
아무런 주견 없이 남이 하는 대로 덩달아 행동함.

54. 분골쇄신(粉 : 가루 분, 骨 : 뼈 골, 碎 : 부술 쇄, 身 : 몸 신)
뼈는 가루가 되고 몸은 산산조각이 남. 정성으로 노력함을 이르는 말.

55. 불문곡직(不 : 아닐 불, 問 : 물을 문, 曲 : 굽을 곡, 直 : 곧을 직)
일의 옳고 그름을 묻지 아니하고 다짜고짜로 행동함.

56. 불치하문(不 : 아닐 불 恥 : 부끄러워할 치 下 : 아래 하 問 : 물을 문)
아랫사람에게 묻는 것을 부끄럽게 여기지 않음.

57. 붕정만리(鵬 : 대붕새 붕, 程 : 단위 정, 萬 : 일만 만, 里 : 마을 리)
바다가 지극히 넓음.

58. 빙탄지간(氷 : 얼음 빙, 炭 : 숯 탄, 之 : 갈지, 間 : 사이 간)
얼음과 숯불의 사이. 즉 서로 화합될 수 없음.

59. 사상누각(沙 : 모래 사, 上 : 위 상, 樓 : 다락 누, 閣 : 문설주 각)
모래 위에 지은 누각.

60. 사필귀정(事 : 일 사, 必 : 반드시 필, 歸 : 돌아갈 귀, 正 : 바를 정)
모든 일은 반드시 바른 데로 돌아감.

61. 삼고초려(三 : 석 삼, 顧 : 돌아볼 고, 草 : 풀 초, 廬 : 오두막집 려)
훌륭한 인물을 얻기 위해서는 많은 수고가 있어야 함. 중국 삼국 시대에, 촉한의 유비가 난양에 은거하고 있는 제갈량의 오두막으로 세 번이나 찾아갔다는 데서 유래함.

62. 상전벽해(桑 : 뽕나무 상, 田 : 밭 전, 碧 : 푸를 벽 ,海 : 바다 해)
뽕밭이 푸른 바다가 됨. 세상일의 변천이 심함을 비유적으로 한 말.

63. 새옹지마(塞 : 변방 새, 翁 : 늙은이 옹, 之 : 갈 지, 馬 : 말 마)

한때의 화가 복이 될 수도 있고, 오늘의 이로움이 훗날의 해가 될 수도 있음. 옛날에 새옹이 기르던 말이 오랑캐 땅으로 달아나서 노인이 낙심했는데, 그 후에 달아났던 말이 준마를 한 필 끌고와서 그 덕분에 훌륭한 말을 얻게 되었다. 그런데 아들이 말을 타다 떨어져 다리가 부러지므로 노인이 낙심한다. 하지만 그로 인해 아들은 전쟁에 끌려 나가지 않아 오히려 죽음을 면했다는 이야기에서 유래한다.

64. 생자필멸(生 : 날 생, 者 : 놈 자, 必 : 반드시 필, 滅 : 멸망할 멸)

이 세상에 생명이 있는 것은 반드시 죽을 때가 있음.

65. 소탐대실(小 : 작을 소, 貪 : 탐할 탐, 大 : 큰 대, 失 : 잃을 실)

작은 것을 탐하다가 큰 것을 잃음.

66. 수구초심(首 : 머리 수, 邱 : 땅 이름 구, 初 : 처음 초, 心 : 마음 심)

여우도 죽을 때는 제가 살던 쪽으로 머리를 돌린다.

67. 수불석권(手 : 손 수, 不 : 아닐 불, 釋 : 풀 석, 卷 : 쇠뇌 권)

손에서 책을 놓지 않음.

68. 수서양단(首 : 머리 수, 鼠 : 쥐 서, 兩 : 두 양, 端 : 바를 단)

구멍에서 머리만 내밀고 이리저리 엿보는 쥐.

69. 수어지교(水 : 물 수, 魚 : 고기 어, 之 : 갈 지, 交 : 사귈 교)

누구를 원망하거나 탓할 수 없음.

70. 순망치한(脣 : 입술 순, 亡 : 망할 망, 齒 : 이 치, 寒 : 찰 한)

입술이 없으면 이가 시리다. 서로 이해관계가 밀접한 사이는 한쪽이 망하면 다른 한쪽도 영향을 받는다.

71. 식자우환(識 : 알 식, 字 : 글자 자, 憂 : 근심할 우, 患 : 근심 환)
학식이 있는 것이 도리어 근심을 사게 된다는 말.

72. 아비규환(阿 : 언덕 아, 鼻 : 코 비, 叫 : 부르짖을 규, 喚 : 부를 환)
여러 사람이 심한 고통으로 울부짖는 참상.

73. 아전인수(我 : 나 아, 田 : 밭 전, 引 : 끌 인, 水 : 물 수)
자기에게만 이롭게 하려는 것.

74. 안빈낙도(安 : 편안할 안, 貧 : 가난할 빈, 樂 : 즐길 낙, 道 : 길 도)
가난한 생활 가운데에서도 편안한 마음으로 도(道)를 즐기며 삶.

75. 약방감초(藥 : 약 약, 房 : 방 방, 甘 : 달 감, 草 : 풀 초)
무슨 일에나 빠짐없이 늘 참석함을 이름.

76. 어두육미(魚 : 고기 어, 頭 : 머리 두, 肉 : 고기 육, 尾 : 꼬리 미)
물고기는 머리, 짐승의 고기는 꼬리가 맛이 좋음.

77. 어부지리(漁 : 고기 잡을 어, 父 : 아비 부, 之 : 갈 지, 利 : 날카로울 리)
두 사람이 이해관계로 다투는 사이에 엉뚱한 사람이 이익을 봄.

78. 어불성설(語 : 말씀 어, 不 : 아닐 불, 成 : 이룰 성, 說 : 말씀 설)
하는 말이 조금도 사리에 맞지 아니함.

79. 오리무중(五 : 다섯 오, 里 : 마을 리, 霧 : 안개 무, 中 : 가운데 중)
짙은 안개 속에서 길을 찾기 어려움.

80. 오매불망(寤 : 깰 오, 寐 : 잠잘 매, 不 : 아닐 불, 忘 : 잊을 망)
자나 깨나 잊지 못함.

81. 오비이락(烏 : 까마귀 오, 飛 : 날 비, 梨 : 배나무 이, 落 : 떨어질 락)
우연한 일치로 남의 의심을 받게 됨.

82. 오합지졸(烏 : 까마귀 오, 合 : 합할 합, 之 : 갈 지, 卒 : 군사 졸)
임시로 모집하여 훈련이 없는 병사.

83. 온고지신(溫 : 따뜻할 온, 故 : 옛 고, 知 : 알 지, 新 : 새 신)
옛 것을 익혀 새 것을 앎.

84. 와신상담(臥 : 엎드릴 와, 薪 : 섶나무 신, 嘗 : 맛볼 상, 膽 : 쓸개 담)
불편한 섶에 몸을 눕히고 쓸개를 맛본다는 뜻으로 원수를 갚고자 고생을 참고 견딤을 말한다.

85. 용두사미(龍 : 용 용, 頭 : 머리 두, 蛇 : 뱀 사, 尾 : 꼬리 미)
처음 출발은 야단스럽게, 끝은 보잘 것 없이 흐지부지 됨.

86. 우유부단(優 : 넉넉할 우, 柔 : 부드러울 유, 不 : 아닌가 부, 斷 : 끊을 단)
망설이기만 하고 결단하지 못함.

87. 우이독경(牛 : 소 우, 耳 : 귀 이, 讀 : 읽을 독, 經 : 날 경)
소귀에 경 읽기

88. 우후죽순(雨 : 비 우, 後 : 뒤 후, 竹 : 대 죽, 筍 : 죽순 순)
비 온 뒤에 죽순이 많이 솟아나는 것처럼 어떤 일이 일시에 많이 생김의 비유.

89. 이열치열(以 : 써 이, 熱 : 더울 열, 治 : 다스릴 치, 熱 : 더울 열)
열로써 열을 다스림. 곧, 더위를 뜨거운 차로 이긴다든지 할 때 쓰임.

90. 자가당착(自 : 스스로 자, 家 : 집 가, 撞 : 칠 당, 着 : 붙을 착)
자기 언행의 전후가 모순되어 일치하지 않음.

91. 자격지심(自 : 스스로 자, 激 : 물결 부딪쳐 흐를 격, 之 : 갈지, 心 : 마음 심)
자기가 한 일에 대하여 스스로 미흡하다는 생각을 가짐.

92. 전화위복(轉 : 구를 전, 禍 : 재화 화, 爲 : 할 위, 福 : 복 복)
언짢은 일이 계기가 되어 오히려 좋은 일이 생김.

93. 조삼모사(朝 : 아침 조, 三 : 석 삼, 暮 : 저물 모 四 : 넉 사)
간사한 꾀로 남을 속여 희롱함을 이르는 말. 먹이를 아침에 세 개, 저녁에 네 개씩 준다는 말에 원숭이들이 화를 내더니 아침에 네 개, 저녁에 세 개씩 준다는 말에는 좋아했다는 데서 유래함.

94. 조족지혈(鳥 : 새 조, 足 : 발 족, 之 : 갈지, 血 : 피 혈)
새 발의 피. 아주 적은 분량을 비유적으로 이르는 말.

95. 주마간산(走 : 달릴 주, 馬 : 말 마, 看 : 볼 간, 山 : 산 산)
달리는 말 위에서 산천을 구경함.

96. 죽마고우(竹 : 대 죽, 馬 : 말 마, 故 : 옛 고, 友 : 벗 우)
어릴 때 같이 놀던 친한 친구.

97. 중구난방(衆 : 무리 중, 口 : 입 구, 難 : 어려울 난, 防 : 둑 방)
여러 사람의 말을 막기 어렵다는 뜻.

98. 중언부언(重 : 무거울 중, 言 : 말씀 언, 復 : 다시 부, 言 : 말씀 언)
이미 한 말을 반복하여 말함.

99. 지성감천(至 : 이를 지, 誠 : 정성 성, 感 : 느낄 감, 天 : 하늘 천)
정성이 지극하면 하늘도 감동함.

100. 진퇴양난(進 : 나아갈 진, 退 : 물러날 퇴, 兩 : 두 양, 難 : 어려울 난)
이러지도 저러지도 못함.

101. 진퇴유곡(進 : 나아갈 진, 退 : 물러날 퇴, 維 : 바 유, 谷 : 골 곡)
나아갈 수도 없고 물러설 수도 없음.

2. 1) 결초보은(結草報恩 - 結 : 맺을 결, 草 : 풀 초, 報 : 갚을 보, 恩 : 은혜 은)

2. 2) 우공이산(愚公移山 - 愚 : 어리석을 우, 公 : 귀 공, 移 : 옮길 이, 山 : 메 산)

2. 3) 마부작침(磨斧作針 - 磨 : 갈 마, 斧 : 도끼 부, 作 : 지을 작, 針 : 바늘 침)

3. 허장성세(虛張聲勢 - 虛 : 빌 허, 張 : 베풀 장, 聲 : 소리 성, 勢 : 형세 세)

4. ① 5. ④

6. 예시 답 : 욕심을 부리면 남의 떡이 커 보인단다. 잘못하면 소탐대실하게 돼. 자기 것이 가장 소중한 거야.

7. 예시 답 : 파리야, 너는 경거망동(輕擧妄動)하는구나. 그렇게 행동하다 결국 파리채에 맞아 죽는다 해도 그건 자업자득(自業自得)이란다.

8. ① - ㉡, ② - ㉠, ③ - ㉢, ④ - ㉣

9. ① - ㉡, ② - ㉠, ③ - ㉢, ④ - ㉣, ⑤ - ㉤, ⑥ - ㉣

10. ① - ㉡, ② - ㉠, ③ - ㉢, ④ - ㉣

11.

가로 열쇠

1. 자화자찬(自畵自讚 - 自 : 스스로 자, 畵 : 그림 화, 自 : 스스로 자, 讚 : 기릴 찬)

2. 자업자득(自業自得 - 自 : 스스로 자, 業 : 업 업, 自 : 스스로 자, 得 : 얻을 득)

3. 자수성가(自手成家 - 自 : 스스로 자, 手 : 손 수, 成 : 이룰 성, 家 : 집 가)

4. 호분고산(虎奔高山 - 虎 : 범 호, 奔 : 달릴 분, 高 : 높을 고, 山 : 뫼 산)

5. 유연자적 (悠然自適 - 悠 : 멀 유, 然 : 그럴 연, 自 : 스스로 자, 適 : 맞을 적)

6. 반포지효(反哺之孝 - 反 : 돌이킬 반, 哺 : 먹일 포, 之 : 어조사 지, 孝 : 효도 효)

7. 어불성설(語不成說 - 語 : 말씀 어, 不 : 아닐 불, 成 : 이룰 성, 說 : 말씀 설)

8. 좌정관천(坐井觀天 - 坐 : 앉을 좌, 井 : 우물 정, 觀 : 볼 관, 天 : 하늘 천)

세로 열쇠

9. 자승자강(自勝者強 - 自 : 스스로 자, 勝 : 이길 승, 者 : 사람 자, 強 : 굳셀 강)

10. 자고자대(自高自大 - 自 : 스스로 자, 高 : 높을 고, 自 : 스스로 자, 大 : 클 대)

11. 호연지기 (浩然之氣 - 浩 : 넓을 호, 然 : 그럴 연, 之 : 의 지, 氣 : 기운 기)

12. 허장성세(虛張聲勢 - 虛 : 빌 허, 張 : 베풀 장, 聲 : 소리 성, 勢 : 형세 세)

13. 사불범정(邪不犯正 - 邪 : 간사할 사, 不 : 아닐 불, 犯 : 범할 범, 正 : 바를 정)